父の従軍日記と家族のこと

森本　静衣

文芸社

はじめに

私の父は大正五（一九一六）年生まれ。十一年間の闘病ののち平成九（一九九七）年六月に他界しました。八十一歳でした。

母が息を引き取ったのは平成二十六（二〇一四）年の十一月のことです。九十六歳でした。

母の葬式が終わったあと、私にはやらなくてはならないことが山積みでした。まず父や母の遺品の整理をしなくてはなりません。

家は大きく、そのほか敷地内にはいくつかの倉庫と蔵があります。蔵にはもう使わなくなった農具や、調度品のたぐいが、所せましと押し込められているのです。

母の遺品は、母が大事にしまっていた着物や宝飾品のたぐいやらで、これは妹たちと形見分けをしました。問題は父が使っていた押し入れの段ボールの山です。気になってはいたものの、父を亡くしてからずっとそのままでした。

ほこりをかぶった段ボールを開けると、出てきたのは書類やらメモやら領収書やらの大量の紙やノート。父は几帳面《きちょうめん》で、何でも書き留めていたのはよく覚えていますが、それにしてもよくきれいにストックしているなあと今さらながら感心しました。

トラクターやら農具の代金のメモに領収書、農協に出した米や野菜の明細、出納帳……最近のものばかりではありません。父が仕切っていた小作の方々への賃料明細も残っていました。戦後ＧＨＱの農地改革で土地が小作農にほぼ無料で払い下げになりましたが、それ以前は、うちは小地主だったので、人に土地を貸していたのです。

父の財布や免許証などの身の回りの品は、袋に入れて別に保存されていました。

父はずっと車の免許を取っておらず、六十歳で取得しています。脳梗塞で倒れる前のことです。その免許証と一緒に、写真が入っていました。

古いセピア色の、馬に乗った兵隊さんの写真――若い時分の父の写真でした。馬上でしかめっつらをしているそれは、さながら戦争映画の俳優さんのようにも見えました。父を含めほかに四人が写った集合写真もあります。軍服の父が同い年くらいの男性の肩に手を回して、二人で互いに笑いあっている写真もありました。

父の従軍日記

母からはよく「お父さんは戦争でつらい思いをしてこられたんだよ」と聞かされてきましたが、私は父から一度も戦争の話は聞いたことがありませんでした。幼かったこともあり、「戦争に行っていた父」を想像できたことはありませんでした。

写真の背景は、砂地のような荒野のような、家屋の雰囲気からしても日本ではありません。父がかぶっている帽子も、内側に動物の毛が縫い込まれていて、寒い国の帽子のようでした。父は旧満州国（中国東北部）に派遣されていたそうですから、これは満州国でしょう。

二人で写っている写真――父が肩に手

を回している男性は、戦友だと思いますが、このように写真を持ち歩くということは、戦死した方なのだと思います。免許証に入れて肌身離さず持ち歩いていたわけです。そのことが私にはとても意外でした。父はとても厳しい、人に情を示すような人じゃなかったからです。

別の段ボールを開けると、手帳が数冊。ページをめくると、飛び込んできたのは、「皇軍従軍日記」との文字。次ページには「北支派遣部隊磯谷部隊前野部隊丸本中隊谷小隊東分隊木下班　輜重《しちょう》兵特務二等兵　森本茂《しげる》」との署名と、祖父と赤ちゃん（父）を抱いた祖母、父と歳の離れた伯母が写った写真が貼ってありました。

読めない字（□とします。また新漢字に改めます）もとても多いですが、一部を紹介します。

思い出多き日即ち昭和十二年七月二十七日召集令状を受事てより懐しき故□の船出大□天津間の難路行軍　各地の重大なる輸送経過等日々日記を以て将来の参考迄に記入せり　□に当り　□にあう度毎に過去の追憶を以て堪えざらんとせば　本記帳の使命果さるると謂ふべきなり

故吾国民、親友　智己の御援を謝し、神の守を受事つつ目的完徹せざらん事を本記帳

に先だち念じて止まざる次第なり

昭和十二年七月二十七日　森本茂

七月二十七日

もっとも思出多き日は本日なり　故に今日一日間の在りし儘を記さん　午前八時南谷小学校に於てやる今年度　四カ村在郷軍人簡閲点呼出席のため出発　午前九時より松□司令官代理天羽中佐執行官として午前中点呼終り

午後一時より上小鴨軍友会発会式に参列　天羽中佐の講演今しも始まらんと待構えたり　然るに応接室の中佐に連隊司令部より急報電報あり「直ぐ帰れと」

これにて東亜の風雲急なると共に、今日の騒□を感じたり

夜に入りて緊迫せる空気の中に心あるものは或は役場に或は学校にて電話の来るを待ち居りしとの事

午後十一時矢田巌君　夢を破る大声「召集令状来る茂君に」と此の一言こそ小生に取りては意外なり　たとへ召集せられようとも覚悟はあれど　第二乙種の小生に召集令状の来ることは疑う余地あり　然れども十二時も過ぎん頃　役場より本物来る俺の心

は矢田君の一言で決せりと言え、父母の驚き如何ばかりならんや　涙にくるる父母に対し俺は厳然たる覚悟の程を伝え、覚悟を切望す　此にて父母も一軍人の親としての国民としての義務果せりと歓喜の渦と変りたり　嬉しいような淋しいような考えの内に夜の明けるを待つ。

召集令状が来て、嬉《うれ》しいと述べている父。「涙にくるる父母に対し俺は厳然たる覚悟の程を伝え」とあります。勇ましく、凜々《りり》しく、かつ親思いの当時の多くの若者と同じ姿が目に浮かびます。

父・茂はともかく厳しい人でした。私は父から可愛がってもらった記憶がまったくありません。短気で癇癪《かんしゃく》もちで、些細《ささい》なことですぐに機嫌が悪くなり、家族に当たり散らしました。機嫌が悪いと何もしていないのに、いきなり叩《たた》いたり蹴ったりするのです。母も私もしょっちゅう叩かれていました。特にお酒を飲んできたあとは、決まって機嫌が悪く、母は父がお酒を飲んで帰ってくるとわかると、急いで私と妹たちを起こし、蔵の中に隠れさせました。私たちは布団を持って、蔵の中で寝たものです。

母が言うには、父の性格は、戦争に行ったことが理由とのことでした。口癖のようにそう言っていましたが、「女ばかりのきょうだいでやっと生まれた男の子だったから、甘やかされて育ってああなった」とも言っていました。

父の暴力は、私や母に対してだけではありません。祖父や祖母にも手をあげていました。堪忍してくれ、堪忍してくれと哀願する祖父を、父が執拗《しつよう》に蹴っていたときのことは今も目に浮かびます。弱い者には強い男。自分はやりかえされないのを重々承知の上で、うっぷん晴らしするのです。私は父のそんな姿を見て、こういう人にだけはなりたくないと思ったものでした。

日記は続きます。

七月二十八日―八月二日迄

令状の内容は応召八月四日午前十時　城北練兵場輜重十連隊正門前なり　代□□出征報告□其他

当日迄には一週間の余裕あり　青年会其他□当せる業務の引継ぎ区民の送別会　同級生の送別会、親戚親友の挨拶回り　必要品の購入、其他出征後に遺憾なきよう様々の整理を終り　軍服軍帽ベタ赤の肩章にて待機。

八月三日

午前五時起床　氏神様ニお別れし　親戚一同と共に別席を張り　姉・母に惜別を□し区民一同に送られて懐かしの生竹区をたつ。上小鴨村とお別れしたのは午前七時　直に倉吉駅頭にて村民町民全国民の打振る旗の波に送られて八時四十八分過ぎ、故郷よさらば　父に付添われて午後四時姫路着　途中駅頭にて振る旗も何か淋しい別れの旗にて一層□□を感じるばかりなり　東洋紡績姫路工場に宿す。本工場の職員一同の厚意こそ一生忘るべからざるものなり。

八月四日

明くれば今日こそ応召すべき日である。午前八時工場正門に□て工場従業員の万歳に送られて応召場所に行ク　点呼後身体検査を見事合格す　一人前の出征軍人として丸本隊谷小隊に配属せらる。忠恆君長義君身体検査に不合格なるは惜しむべきなり　パン一袋をもらって東郷町神社に向って行軍、お寺にて官給品全部をもらひ　神社に引返して私物を送り返ス　注射後宿舎の割当、坂田一夫□様方に同じ東□出身前田安弘君とともに宿営となる。

此れより出発十日迄は出発準備につき日記を略す。ただし朱智の所にて懐しかった事は想像以上なり右附記スルと共に東郷町民一同の厚意に感謝の念を捧事る次第なり

八月十日

午前八時点呼後　午前中　車両馬具其他を駅に運搬　午後武装を終り中隊長指揮の下に城南練兵場にて軍曹検査を受く　父、面会に来る。午後九時の点呼後宿舎にて仕度を終り　宿舎に別れを告□て馬繋場に集合　各兵の見送旁々馬装具の仕度終る時正に午前五時一睡もせず

八月十一日

騎兵隊村出身兵を送る　午前六時駅着　馬の積込を終り午前八時〇三分愈々姫路白鷺城下をおさらばする。明石海岸を過ぎて午後二時神戸着　駅より上筒井通の馬繋場迄一里半熱い熱い中を市民の差出す氷水にて体を冷やしつつ漸く到着　三時半葺合区上筒井通四丁目小西義光様方に宿ス　午後五時の点呼後車両整理のため埠頭に行く　午後十二時迄　俺馬屋当番にて一睡もせず。

八月十二日

午前三時ヨリ発準備　五時馬繋場出発　七時は埠頭着　直に車両馬、其他の積込　午後四時完了ス　後昼食を終り直に乗船し午後五時半懐かしの神戸港第三突堤を静かに離ル

八月十三日

朝六時起床　甲板上にて□拝　今広島県沖進航中なり　午後六時関門通過各□船より号笛を鳴らして出征を祝福してくれる。関門海峡の景色又格別なり　夕暗迫る頃より護衛軍艦続々と集る　対空監視厳重となる

八月十四日

朝日の出に対して東方に向い最後の故国の別れをする　波未だ静かなり　午後九時頃より揺れ始む

八月十五日

起床すれば船は揺れ発熱のため気分は悪し　午前八時頃より益々荒く昼飯食えず　甲板上ベッドの数多し　夕方より大部静かになり始む

八月十六日

今朝波大分静かとなる　朝鮮西側を北上しつつあり　艨多く船を追う一列の御用船十二隻軍艦四隻なり

八月十七日

午後ヨリ少しずつ山の形見え始む　午後五時旅順、日露役忠霊塔に対し黙祷一分間(甲板上ニテ)

八月十八日

起床後甲板に出ずれば海水は黄色と変わり　字の如き黄海を現出した　午前十時大沽沖合に仮泊、午後小船ニテ上陸開始　河を遡り三時間後に大沽上陸　午後七時、上陸後サイダー一本ずつもらい直に貨物荷下ろし作業　中隊長訓辞後、徹夜ニテ出発準備。

八月十九日

今日出発の都合ナリしも前進部隊ニ阻止され中止　今日の暑さは又格別ナリ　頭が割れるかと思う位なり　酒保のビールニテ命ヲツナグ　夕方ヨリ雨トナル　雨中馬屋当番　大沽造船所ノ空爆ニヨル破壊実に見事ナリ日本空軍の威力に始めて舌を巻く

八月二十日

午前七時ヨリ積載貨物□戴馬匹検査等出発準備を完了　出発命令を待つ信倫傷つきて予備馬となる。午後五時ヨリ雷雨アリ稲妻物凄し午後十一時夕食を食わずして出発開始泥濘膝を□し雨手冷込み、馬は足傷にて歩まず暗さはますし全く死人の如くして行軍　約一里の地点にて前進部隊に阻止　夜の明るを待つ　雨中の第一夜銃声□に響く

八月二十一日

午前七時各兵□悪路に困り船輸送のため引返すにもかかわらず進軍開始　十町余の地

点、両面水の中の道路上にて中止進ムに進めず　返すに返れず風雨益々□く□に□肌をつんざく中に第二夜を明す　支那人の死体三四アリ夜中銃声絶えず

父の手帳は、あわせて三冊ほどあり、いずれもびっしりと文字で埋め尽くされ、数百ページはゆうにあります。いずれも昭和十二年から十六年ごろまでのもので、それ以降の記述はありませんでした。戦争が激しくなり、各地で日本軍が敗退していくのは、このあとからだと思いますが、書いていたけれどどこかで紛失したのか、あるいは、そもそも、もう書いていなかった

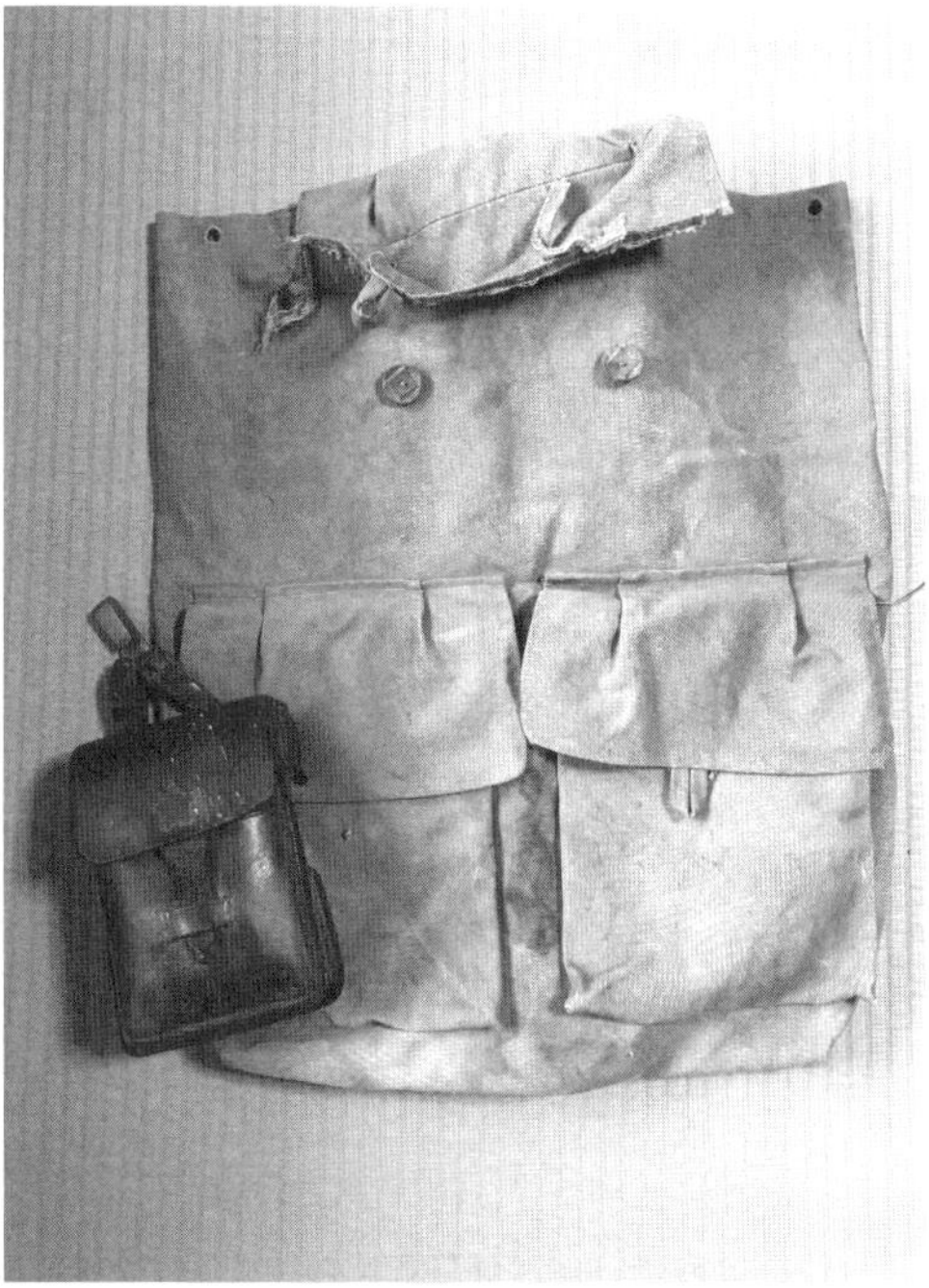
父が戦争中使っていたであろう頑丈な背嚢

のか。

いずれにしても、手帳をくりながら、はじめて「戦争に行ってああいう人になった」と話していた母の言葉が、なんだか腑《ふ》に落ちたのです。

さて、この手帳や写真はどうしたものでしょう。父が克明に記し、大事にしていたものであり、捨ててはいけないように思いました。私や妹たち、私の子どもたちが死んだら、父を知る者もういなくなります。じっと見ていると手帳が父の〝遺言〟のように見えてきました。これはこれでちゃんと残しておかないといけないいんじゃないだろうか。

それが弔う者の使命ではないかと……。

「おまえが、親を弔うんだぞ」

どこからともなく父の声が聞こえてきました。

「わかってるな、おまえは、あととり娘なんだからな」

はいはい、わかっていますよ、お父さん。

この土地で生まれ、巡り巡って今もまたこの土地を守っている私は、この父の手帳を見つけたことをきっかけとして、家族のことを書き記したいと思うようになったのです。

目次

第一章

「あととり娘」と呼ばれて

女ばかりが生まれる

私、森本静衣《しずえ》は、昭和十九（一九四四）年九月二十五日、森本茂、森本節子《せつこ》の次女として、生まれました。昭和十九年ですから太平洋戦争末期、戦局がしだいに悪くなっていった頃です。私の前に長女・弘子《ひろこ》が生まれていますが、こちらは一歳になる頃に病気で亡くなったため、事実上、私が長女として育てられました。

私の下には四人のきょうだいがいるのですが、皆、女です。

三女の芳美《よしみ》（仮名）は私より一つ年下で、昭和二十年生まれ。その下が四女の和美《かずみ》（仮名）で昭和二十二年生まれ。次が五女の美津子《みつこ》（仮名）で、昭和二十四年生まれです。

生まれてくる子がなぜか女ばかり。実に父の家も同じで、父を除いて全員女。父は祖父母たちの待望の男の子、たったひとりの大事なあととり息子でした。父方がそんな事情でしたので、一族としても、ともかく男の子を……と期待されていたようなのですが。

美津子が生まれてしばらくして、母はまた身ごもるのですが、そのとき舅《しゅうと》や姑《しゅうとめ》が、母に「どうせまた女だ」などと言ったそうです。ご近所にもそのように言われて、口惜しくて口惜しくて仕方がなかったという母は、とんでもない行動に出ました。臨月も間近というある日、堕ろすための薬を飲んだというのです。

びっくりして母を見た私に、母は遠くを見るような目で言いました。

「そしたら、ついとった、ちんちんが」

このとき、私は母と一緒に病院にいました。その日のことは覚えています。

亡くなった子は、通常は戸籍に載せませんが、事情を知らない父は、自分にも男の子がいた証しにと、その子を「たけし」と名付け、戸籍や墓標を作りました。

その後、しばらくして母はまた妊娠します。母は罪の意識もあり、この度は出産に臨んだようですが、女の子でした。その子は「寛子《ひろこ》」（仮名）と名付けられました。

四女の和美は、六歳のときに亡くなりました。忘れもしない、秋の稲こき（脱穀）の日でした。稲こきというのは、農家にとって、それはそれは大事な仕事です。家族総出で行います。子どもたちも、学校から帰ってきたら、当然、手伝っていました。

当時、脱穀といえば、足踏み脱穀機や千歯《せんば》扱きです。今はコンバインがなんでもやってくれて本当に便利になりましたが、昔は、脱穀して、籾《もみ》を選別して、藁《わら》を束ねて「すずし」にして……ともかく大変でした。まだ小さくてお手伝いのできない和美は、親たちが稲こきをしているそばで、腹を出したまま眠りこけてしまったらしく、夜遅く、親たちが気づいた頃には、寝冷えですっかり体が冷え切り、翌朝に亡くなってしまいました。昨日の昼には一緒に遊んでいた妹が、翌朝には亡くなっていたわけで、そのときの驚きは今でもよく覚えています。

こうして、長女の弘子と、三女の和美と、長男の「たけし」が夭折《ようせつ》し、私・静衣は、芳美、美津子、寛子の四人姉妹の長女として育てられました。

男の子がいないので、私が「あととり娘」ということで育てられました。それこそまだ「あととり」という言葉の意味もよくわかっていないのに、

「いいか、お前は、森本家のあととり娘なんだぞ」

と言われるもので、

はいはい、私はあととりなのかあと自分に言い聞かせたものです。

「おまえが、この家と田んぼを継ぐんだからな、しっかりせい。親を弔って、ちゃんと毎日、先祖のご位牌の面倒をも見るのだぞ」

「あととり」は親からだけでなく、ご近所からも言われました。田んぼや畑で遊んでいると、ご近所さんから、

「あれ、森本さんちの、あととり娘さん」

と声をかけられたものです。

「たけし」のことがあってから、私のあととりは確定しました。

だからでしょうか。父は、妹たちより私に厳しかったような気がします。田んぼや畑の世話にしても、手伝いもよくやらされました。妹たちは気楽でいいなあと思いましたけど、でも私はあととりだから仕方がないのだ、などと自分に言い聞かせたものです。

父と母のこと

親たちが「あととり」に強くこだわったのは、我が家ならではの事情もあります。

福井県に永平寺《えいへい》という曹洞宗の総本山があります。倉吉市にある明現寺《みょうげん》は、その流れをくむ寺ですが、森本家の先代はここの和尚なのです。先代は、曹洞宗明現寺の十五代目で、戒名は、「前総持明現拾五世英山柏雄大和尚禅師」といいます。

和尚のひとり息子は十九歳のとき天然痘で亡くなりました。その後、住職も亡くなったため、その妻は寺を出ます。住職の没後は、家族は寺を出なくてはいけないからです。彼女は生家の鴨河内《かもごうち》に家を建て、自身のあとをみるために、当時村長だった香川與太郎の四男が養子になりました。その養子が、私の祖父である清《きよし》です。

先代の森本にまつわる位牌などは、そのときは明現寺のほうにありましたが、寺ではなく、森本家で預かったほうがよいということになりました。つまり位牌のおまつりは、代々、森本家の仕事ということになりました。森本家がことさら、あととりと継承に頭を悩ませてきたのは、そういう事情でした。単に田畑をどうしようという問題ではないのです。

清は、その後、隣家の娘だった、きち（私の祖母）と結婚します。夫妻の間には女の子がひとり生まれたきり。ようやく七年後、待望の男の子が生まれました。我が父・茂です。さらに下に三人ほど生まれますが、三人とも女の子でした。父は森本家のたったひとりの大事なあととり息子として、大事に育てられたようです。

これらはすべて、あとで私が調べてわかったことですが――大正五（一九一六）年生まれの父に召集令状が来たのが昭和十二（一九三七）年、父が二十一歳のときでした。その後は終戦の昭和二十年秋まで、軍務と一時帰郷の繰り返しだったようです。昭和十二年から二十年まで、二十代の八年間のほとんどを軍隊で過ごしていたことになります。母と結婚したのは昭和十五年、一時的に任務を解除され帰郷していた、あわただしい中での結婚のようでした。

母は森本家の縁戚でもありました。婚姻は、本人の意思というより、親同士の意向でした（家の遠縁から、婚姻相手を探すのが通常でした）。

後年、年頃になった私に、母がこっそり言うには、

「本当は、好きな人がいてね、その人と私は将来を約束していたのよ」

実の娘相手に何を言い出すのかと思い、黙っていましたが、母はひとりで話し続けます。

「だけど親がどうしてもと、親に逆らうなんて許されなかったし」

そんなこと私に言われても知らんがな、お母さん。

「それでここに嫁がされて、嫁いだら嫁いだで子どもばかり生まされて……」

母もいろいろと言いたいことがあるのは、わかります。私の父は、ともかく短気で難しい人でした。すぐに怒り、叩いたり蹴ったりするのです。何か悪さをして叩かれるのならわかりますが、何もしていないのにいきなり叩いたり蹴ったり、物を投げつけたりする。

当時、私の家は土間に囲炉裏《いろり》があって、食事はもちろん、寒い冬の日などは囲炉裏を囲んで暖をとるのが常でした。炭を置くための火箸《ひばし》が囲炉裏のそばに置かれていましたが、

何を思ったか急に父が怒りだし、その火箸で、私を叩いたこともありました。火箸に火がついていたら大やけどです。幸い、火がついていたときは叩かれなかったのでやけどはしませんでしたから、その程度の理性はあったということでしょうか。ともかく、毎日、こんな感じだったので、父親のそばにいるのも嫌でした。

私は父から、抱っこされたり、身体の上にのせて遊んでもらったり、というような記憶がまったくありません。近所のお友達は、お父さんに甘えたり一緒に遊んでもらっていましたが、私も妹たちも、そんなことしてもらったことは一度もありませんでした。

特にひどいのが、酔っ払って帰ってきたときです。地域の寄り合いなどのほかに、父は戦友会のようなものにも頻繁に行っていました。呑《の》んで帰ってくると、必ず、子どもたちを蹴ったり叩いたりしました。それで、母は、父が帰ってきたとみるや、急いで私や妹たちを起こし、蔵に避難させました。私たちは布団を持っていって蔵で寝たものです。

短気で暴力的な父の被害者は、母や私たちだけではありませんでした。祖父母にも同様で、「堪忍してごせいや、堪忍してごせいや（堪忍してくれ）」と言って懇願する祖父を、執拗に蹴り続けているのも見たことがあります。祖父は、口数の少ないおとなしい人でしたが、「茂が怖い」とよく言っていました。

こんな調子ですから、父と母のあいだでは言い争いが絶えませんでした。親が言い争っているのを見るのは、いつも本当に嫌でした。

母によれば、父は、「戦争に行って辛い思いをされて、ああいう人になってしまった」。もっとも、「女ばかりのきょうだいのただひとりの男の子だったから、甘やかされて育ったせい」とも言っていましたし、どちらが本当なのでしょう？

兵隊にとられたのは、もちろんうちだけではなく、村の若い男たちのほとんどがそうでした。戦死した方もいました。うちの数軒先のおうちは、三人息子が三人とも兵隊にとられ、三人とも戦死されたということでした。当然、戦死者への恩給も三人分出ていたわけですが、ご近所の中には、あの家は恩給で儲《もう》けていると心ないことを言う人たちもいました。かくいう私の母がそうです。恩給のおかげで裕福に暮らしている、などと言うので、さすがにそれは違うでしょうと思い、

「お母さん、それはひどいじゃない。だって息子さんがみんな死んじゃって、誰が田んぼのことをするの？　じいちゃんとばあちゃんだけで働ける人がいないんだから、恩給もらわないと困るじゃないの」

と私が抗議しても、母は聞いているのか聞いていないのか。

母からしてみれば、せっかく生きて帰ってきたところで、夫の性格も変わってしまい、言い争いの絶えない家で、ひたすら日々の雑事に追われていたわけで、こんなふうになるくらいなら父が帰ってこないほうがまだましくらいに思うこともあったのかもしれません。

親たちが寝ていた北向きの奥の部屋の、破れたふすまには、昔の満州国を中心にした地図が修理紙代わりに貼られていました。「大日本帝国」とか「満州国」とか、「咸陽（かんよう）」とか「遼寧（りょうねい）」とか「浦潮斯徳（ウラジオストク）」とか、難しい漢字の地名をなぞりながら、母が「お父さんは戦争に行って大変な思いをしてきたから」と呟《つぶや》いていたのを思い出します。

もっとも家の中で、「戦争」なんて、その破れたふすまに貼られた地図くらいでしたので、まったくピンときませんでした。

家の手伝い

私は農家の子ですから、家の手伝いはよくしたと思います。学校の成績もよく、勉強も好きでしたので、宿題もきちんとしていました。

当時は、豆腐や納豆や味噌《みそ》、梅干しは母の手作りでした。豆腐小屋というのがあって、近所の者同士で、共同で使っていました。祖母は、畑で綿も作っていて、綿から器用に糸をつむぎ、機織りもしていたのを覚えています。ご近所もそんなふうでしたが、それも私が小学校くらいまで。いつしか機織りの音も聞かなくなりました。

米農家がいちばん忙しいのは、収穫の時期と田植えの時期です。収穫は一家総出で行います。収穫の日は、子どもたちも鎌を持たされ、親たちと一緒に刈り入れをしたものです。私と妹たちは、どこまで刈り取れるか競争しました。稲を束にして運ぶときも、誰がいちばんたくさん運べるか競争しました。そうやってゲームと遊びをかねて、手伝いをしたのです。

田植えも大切なイベントです。うちでは、田植えは、早乙女《さおとめ》さんに頼んでやってもらっていました。早乙女さんというのは、請け負って田植えをしてくれる女性たちのことで、恐らく非農家さんだと思いますが、高齢の女性たちの一団（だいたい十人くらい）が泊まり込みでやってきて、田植えをしてくれるのです。この付近では、田んぼの数が多い家は、早乙女さんに頼むことが多かったようです。

早乙女さんは、中年の方が多かったのですが、皆さん、腰もピッとまっすぐで、田植えも手際よくて上手でした。田んぼを測って、列を作り、定規もあてていないのに、きれいにまっすぐに植えていきます。しかも速い。父は田んぼで、早乙女さんたちに指示しながら一緒に作業します。この早乙女さんたちのお世話をするのが私と母の仕事でした。

早乙女さんには、ちゃんとおもてなしをしなくてはいけません。それでこの期間は、朝昼晩とごちそうをご用意します。おもてなし料理のための買い出しが私の仕事で、母が書いてくれたメモを持ってバスに乗り、倉吉まで買い出しにいったものです。今では家庭でも栽培しているトマトも、当時はこのあたりでは作っていなかったので、買い出しの大事な品のひとつでした。トマトなんて今は珍しくもなんともないですが、あの頃は、こういうときではないと食べられないちょっとしたごちそうでした。

田植えの合い間には、こばしま（おやつ）も用意します。餅をついて、おはぎやあんもちにして、リヤカーに載せて、田んぼまで届けに行きました。

夜は夜でお酒を出して、宴席になるので、そのお手伝いをして、お風呂を用意してひとりひとり入ってもらい、寝床を整えて……と忙しい一日なのです。

風呂は大きな風呂釜の下に木片を入れて、下から焚《た》きます。釜の下は熱いですから、そのままでは入れません。入るときに、足で木の板を沈めながら入ります。火加減も見なくてはいけないので、十人くらいいらっしゃると、それだけでも大仕事です。

芝刈りは男の仕事で、父がときどき山に行っては薪をとってきました。大きいと火がつきにくいので、斧《おの》で割って木片にして使います。

いつしか温水器になり、風呂板はもちろん、木片も薪わりも、芝刈りも必要なくなりましたが、今でもうちの敷地には、薪を積んでいた木小屋が残っています。たまに小屋に入ると、父が難しい顔をしながら、黙々と斧を振り下ろしていた姿を、ふと思い出すことがあります。

きょうだいの中で唯一の男だった父は、きょうだいたちからは頼れる人だったようです。私の脳裏には叔母が父の元に相談をしに訪れる場面がまだ残っています。

私たち家族にとっては大きな負担でしたが、地元の土地改良事業においても、我が家の玄関を事務所として開放していました。

女学生時代

私は勉強が好きで、あまり不得意な科目もなく、宿題もいつもきちんとしていました。

成績はおおむねいつも上位だったと思います。活発にしゃべったりするほうではなく、おとなしいほうだったと思います。あまり目立ったことは好きではないですが、どういうわけかクラス委員に選ばれたりしていました。人からアテにされやすい性格のようです。勉強好きで、宿題もきちんとやっていた私ですが、妹たちは逆でした。外で走り回って遊ぶほうが大好き。

私は高校もこのあたりで進学校として知られる成績上位校に行くことができましたが、私は「あととり娘」だということもありますし、父は私に、行きたければ大学に行かせてやると言ってくれたこともありましたが、父に行かせてほしいと頼む気持ちはありませんでした。

農家なので食べるものはありますが、現金収入は一年に一回、米を農協に納めたときにもらうお金だけです。現金が必要な場合は、父が農協にお金をおろしにいきます。父の口癖は、「お金がない!」でした。

高校では毎月、授業料を納めなくてはいけないのですが、授業料の袋を持っていって父にお願いをするのが、毎月、とても嫌でした。授業料の袋を渡すと、必ず「またかいなー」と言って、機嫌が悪くなります。私一人のときはまだしも、年子の妹・芳美が高校に進学すると、授業料の袋が同時に二つになったので、父の不機嫌も二倍になりました。「ない!!」「またかいなー」と言って激高します。それで私たちは、二人で行くのをやめ、今日は私、次回は妹というふうに、日をまたいでお願いに行くことにしました。父もいろいろと大変だったのでしょうが、父が不機嫌になって、農協にしぶしぶ出かける姿を嫌というほど見せられていたので、いくら「大学に行かせてもいい」と言われても、それを受ける気にはなれませんでした。それで学友たちは大学や短大を選ぶ中（女生徒たちは短大が多かった）、私は就職を選びました。

就職のお世話をしてくれたのは、教育書道家としても知られていた岩垣翠城《すいじょう》先生です。岩垣先生は、山陰書道研究所会長を務めたり、『書樂』という本を創刊したり、鳥取県ほか山陰の各県でいろいろな活動をし、たくさんの書道家を育てられた方ですが、当時、この先生が私たちの学校で書道を教えてくれていたのです。私は書道が大好きでしたが、先生も、私のことをいつも可愛がってくれて、進学しないと言うと、とても残念がりました。ではどこかいい就職先をということで、当時、鳥取で一番大きな会社であった紡績会社を紹介してくださいました。私は就職組の中では最初に決まりました。

その会社には五百人規模の大きな工場がありました。私は一般事務で入社しました。昭和三十八（一九六三）年の春のことです。

第二章

新たな家族を得る

社会人になって

入社した会社では同世代の女性のお友だちがたくさんできました。敷地には大きな社員食堂があって、ごちそうが出ました。毎日、お昼の食事とおしゃべりが楽しみで仕方がありませんでした。お友だちとは、春は一緒にお花見をし、夏・秋は梨狩りに行ったり、皆でバスを貸し切って旅行に行ったりした思い出があります。

私がそこを就職先に選んだ大きな理由は、給料が良かったことです。父がお金のことで機嫌を悪くするので、ともかく親にお金のことで負担をかけたくなかったのです。当時の高卒女子の平均は月給六千円くらいでしたが、その会社ではその倍の一万二千円でした。おかげで親に頼らずにすみましたし、貯金もすることができました。

ただ工場ですので、綿ちりなどが飛び、アレルギーを起こす人もいました。私も肌荒れがひどかったため、三年ほどで退職しました。

さて、次の仕事を探さなくてはいけません。

私には、ちょっと考えがありました。

家を出たかったのです。

尼崎に叔母さん（父の妹）が住んでいたので、叔母さんを頼って、大阪か神戸あたりで仕事がないかと考えていました。自活したいというのもそうですが、短気な父と一緒にいるのが嫌だったということもあります。

運よく、新聞広告の求人で、大阪の会計事務所で事務職を募集していたので早速応募。採用の知らせをいただいたときの嬉しさは今でも覚えています。こうして私は、叔母を頼って上阪、最初は尼崎の叔母の家に下宿させてもらっていましたが、しばらくしてアパートで一人住まいを始めました。

私の大阪ライフのはじまりです。

〝運命のひと〟は誰？

公認会計士事務所では、会計士先生方のお手伝いをしていました。大阪法務局に行って登記簿を取ったり、書類をカーボンで写したり、お客様が来たらお茶を出したり……先生方は皆とてもやさしくて、ずいぶん可愛がっていただいたと思います。

事務所は小さなビルに入っていました。給湯スペースが、何社かで共有していたこともあり、同じビルのほかの会社の方々ともお友だちになりました。

その中にひとり、気になる方ができました。給湯器ですれ違うくらいで、あまりお話ししたことはなかったのですが、ステキだなあと思っていました。その彼が、あるとき、私に声をかけてくれたのです。

「週末、いっしょにスキーに行きませんか？」

スキーなんてしたことがなかったし、そもそも週末は用事があったのですが、なにより彼が私に声をかけてくれたことにびっくりしてしまって、私はうっかり断ってしまいました。

断らなければよかったのかな……その後は、お誘いはなく、それからしばらくして、給湯室で、別のお友だちから、その方が婚約をなさったという話を聞きました。あのとき断ってなかったら……どうなっていたのでしょう。

これと前後して、もうひとり、私に声をかけてくれる方がいました。会計事務所に出入りしていた業者の方です。あるとき、仕事中にその方が私あてに電話をくれたのです。ああ、○○さんが、何のご用事だろうと出てみると、

「今度一緒にハイキングに行きませんか」

は、はい……ハイキングなら……。

その方は、大阪庁舎にも出入りされていて、そこの青年部に知り合いがいたようです。それで青年部主催のフォークダンスの会だの、ハイキングだの、山登りだの、いろいろなイベントに一緒に参加したものです。こうして毎週末はお友だちに囲まれて過ごすようになりました。スキーのハードルは高く、結局、やりませんでしたが。

この方とはその後一年くらいおつきあいし、結婚を考える仲になりました。おつきあいといっても、当時のシャイな若者ですから、今の若い方たちが考えるようなものではなく、お互い照れながら手をつなぐ程度の、おつきあいです。

この方のご実家は、大阪の都市部にあり、大きくて素敵な家でした。すでにお父様は他界なさっていたのですが、ごあいさつに行ったところ、お母さまとご兄弟の方が、それはそれは温かくおもてなしをしてくださり、私のことを未来のお嫁さんとして、大変喜んで迎えてくださいました。

次は私の番です。鳥取の実家に彼を連れていったところ、父も大喜びで、彼と一緒にお酒をたくさん飲んで歓談にあけくれ、打ち解けていいました。いい青年だと喜んでくれた……と思いきや、彼が帰ったあと、父が放った一言。

「結婚してもええ！　だが、結婚したら、この家の敷居は二度と跨《また》がせないからな！」

というのは、彼は長男で家を継ぐことになっていたので、私は彼の家にお嫁入りということになるからです。私は森本の家のあととり娘。土地や家に名前、そして大事な位牌をお祀りしていく立場の者です。それなのに、そういう大事な仕事を放棄して、他家に嫁ぐというなら、もう勘当だと。結婚は反対せん、と父は繰り返しました。

好いて一緒になりたいという男だというなら反対はしない、だが、あととりとしての務めを放棄する以上、おまえは勘当だ。二度とこの家には入れさせない！　ということなのです。

父の態度に私も困ってしまいました。こんなふうに親に喜ばれない、親との縁を切らなくてはいけないのなら、そういう道を選ぶのはいけないことのように思いました。親の反対を押し切って突き進むほどには、彼への思いは強くなかったといえば、そうかもしれません。こうして私は彼にお断りしました。二十三歳のときでした。

このころ、私は通信教育で一時大学の勉強をしようと試みました。しかし中途半端なところで諦めてしまいました。結局、私には森本家の後継者という宿命があるのです。

中学校の同級だったS君のことも思い出深いです。中学時代の同窓を通じ、縁はありましたが、この方は、大阪に私がいることを聞きつけて、連絡をしてきました。ご自身も大阪にいたのです。こちらも会社に電話があって、

「あれ、森本さん……あの、覚えてる？　Sだけど……」

一緒にお好み焼きを食べに行こうという彼に誘われ、何度かお会いしました。ただ交際には至りませんでしたが、お話ししたり、励ましてもらったり。良い思い出です。今から十年くらい前、Sさんがお亡くなりになったと聞きました。中学校の同級生からお葬式のお知らせの電話があったのです。電話をくれたその方とも、もうおつきあいもありませんでしたから、いきなりで驚いたのですが、その方によれば、「Sさんがあなた（私）のことをよく話していたから」ということでした。

そのとき、ちょうど私は身体の調子が悪く、その日も、ようやくとれた病院の検査の日でしたので、出席はかないませんでしたが、そんな何十年も前のことなのによく覚えてくれていたものだなあと感心したものです。もちろんSさんは、立派な家庭をお持ちで、たくさんのお孫さんやら縁者に囲まれての葬儀であったと聞きました。ささやかなご縁なの

に覚えていてくれて、嬉しいことです。

話がそれてしまいました。私は二十五歳になりました。

当時、女性は、二十五歳を待たずして結婚することが多かったですから、のんびり屋の私も、焦りがないといえば嘘《うそ》になります。しかし婿入りという条件があるわけで、なかなかいい方が見つけられないでいました。

そんな矢先、従姉《いとこ》（父の姉の子。かなり年上だったので、私は「おばさん」と呼んでいました）が私を心配して縁談を持ってきてくれました。

鳥取県中心部出身というその方は、私より四歳年上で、長男ではないので家を継ぐ必要はなく、婿入りでも構わないということでした。ご職業は、東京にお勤めの公務員で、しかし最初から公務員だったわけではなく、高校を卒業後、上京して、東京都の地下鉄の駅員として働くかたわら、苦学して大学に自力で行かれたとのことでした。経歴や写真だけでも、真面目な努力家で、好ましい青年であることはすぐにわかりましたので、二つ返事でお見合いを承諾いたしました。

実際会ってみたその方は、もの静かでとても優しそうな方でした。実は一目見た瞬間から、胸がどきどきしてしまいました。一目惚れってこういうことをいうのかしら。

気に入ったのは私だけではなく、父も同様でした。父は一言、

「静衣、決めぇ！」

これが現在の私の夫とのなれそめです。私が二十五歳、昭和四十四（一九六九）年のことでした。

夫との結婚は、良い伴侶を得たというだけでも、最高に素晴らしい出来事ですが、もうひとつ私には嬉しいおまけがついていました。

それは、しばらくは、東京で暮らせることです。気分はルンルンです！

東京での暮らし

東京では当初、東大和市《ひがしやまと》の都営住宅に居を構えました。東京と埼玉県の境にある、のどかな住宅地です。

引っ越しをして間もなく、当時の電信電話公社でアルバイトを始めました。当時、ようやく家庭に一台、電話機が付き始めた頃でしたが、「電報」は祝電や弔電のほか、家庭や

会社への急ぎの連絡として、まだ当たり前のように使われていました。私の仕事は、お客様から来た電報の内容をメモして、ベルトコンベヤーで責任者のところに流す仕事です。「やー、森本さん、きれいな字をお書きになるなあ。あなたのが、一番きれいで読みやすい。しかも速い」

と、しきりに誉めていただいたのも良い思い出です。

ふふふ、高校のとき、お習字、大好きでしたしね。恩師・岩垣翠城先生はいつも「森本さん、あなたは本当に上手だね」と褒めてくれたものです。書道の道に進んだらと言ってもらえたこともありました。ここで書道の技術が生かせて、とても嬉しかったです。私はお調子者なので、褒められてさらに頑張りました。

楽しかった電信電話公社でのお仕事でしたが、しばらくして妊娠がわかり、辞めることになりました。

それと前後して、今度は港区白金《しろかね》にある職員住宅に引っ越します。

待望の第一子が誕生したのは、昭和四十五（一九七〇）年十二月のこと。男の子でした。出産は青山病院にてお世話になりました。その後も、おめでたは続き、二年後の昭和四十七（一九七二）年十月には次男、翌年十二月には三男が生まれます。

東京で暮らせるようになり、毎日、デパートやら買い物やら、と期待していた私ですが、そんな生活はちょっとお預け、今は子育てに専念しないといけません。

年子の妹の芳美も、同じ頃に結婚しました。芳美はもともと、おしゃれが大好きな子でしたが、高校卒業後は、美容師になるための専門学校に進み、美容師さんになりました。その後、上京して東京の人と結婚し、こちらは横浜に居を構え、ほどなくして男の子を授かります。

「戻ってこい！」

そんな幸せいっぱいの私たちでしたが、実家から驚きの知らせが。父が胃がんで入院したというのです。まだ五十四歳になったかならないかくらいですから、私たちもびっくりです。幸い早期だったこともあり命は無事でした。この時期、父の妹の子ども夫婦が、農作業のできない父に代わって長期にわたって手伝ってくださいました。

そんなこともあってですが、東京生活がちょうど三年を過ぎた頃、父から連絡が来ました。

「もういい加減に戻ってこい！　おまえがこの家を継ぐんだから」

鳥取県庁に父の知人がいたこともあり、夫が鳥取県庁に移籍できるようにもしてくれるとのこと、そうは言っても、夫の仕事は順調でしたし、夫が了解してくれるかどうか……しかし当の夫は意外にあっさり。「婿養子に入った以上、いずれは戻る身。だったら早いほうがいい」と快諾してくれました。とすれば引き延ばしをする理由はなく、私たちは鳥取に戻ることになりました。

ただ、鳥取県庁は実家から通うには遠すぎます。ひとまず県営住宅を借りました。私は朝は夫を車で送り、その足で実家に行き、家事や農業の手伝いをします。

私たちが帰ってきたので、父も安心したようです。母は、孫と毎日のように会えるのでとても喜びました。そんな親たちの姿を見て、私もちゃんと親孝行できているなと思い、戻ってよかったと感じました。

その後、夫は鳥取県庁から倉吉市内の事務所に勤務地が変わり、私たち家族は、いずれは引き継ぐ森本の実家に引っ越ししました。

父の癇癪は、私が幼い頃に比べればだいぶ収まっていて、叩いたり蹴ったりということはなく、また婿の前では、さすがにそういう態度はとりませんでしたが、孫に対しては、機嫌が悪いと、当たることがありました。たとえば、一緒にご飯を食べていて、お酒が入ると何の脈絡もなくいきなりちゃぶ台に箸を叩きつけたりするのです。孫たちは、びっくりして怯《おび》えます。そんなことが何度かあって、食事も別々にするようにしました。

父は自分が仕返しをされたりしない、自分より弱い相手に、こういう理不尽なことをするのです。いつになったら、こういうことをやめるのだろうかとよく思っていました。

第三章

薫

薫

昭和五十三（一九七八）年新年早々、また、おめでたがわかりました。

父は、子どもが増えるのなら、この家は狭いなあと言います。確かに、いずれ改築も考えなくてはいけません。そんな臨月も間近なあるとき、父がいきなり私にこう言いました。

「家を増築する。工務店さんに頼んだから」

はあ？　何それ、お父さん。いつ決めたの？

びっくりしたのはこっちです。お金は全部父が持ってくれるとは言うけれど、間取りの相談も、子ども部屋をどうするという相談も何もなし。しかももう工務店さんにお願いしちゃって……どうしてこちらには一言も相談してくれず、勝手に決めてしまうのでしょう。しかも私は来月、臨月で、もう病院です。

そんなこんなであたふたしながら、無事四人目が生まれました。今度は女の子……ではなく、今度も男の子でした。

母とは逆に、私には男の子ばかりが生まれました。男の子だと知ったときの母の一言が忘れられません。

「また男か！　おまえは女は生まんのか！」

母は今度は女の子が良かったらしいのです。

その子は「薫《かおる》」と名付けられました。

薫は体重が四キロもありました。看護師さんの第一声が、

「あー、これは大きな子が出てきたわ。よく頑張りましたね！」

身体が大きかったこともあって、私は大量出血していたそうです。生まれたらすぐに酸素吸入器をかぶせられ、血が止まらないため、輸血もしました。四人のうちでいちばん大変な出産でした。

はじめて倉吉の家で生まれた子ということもあるのでしょうか、父は、薫をとても可愛がりました。父に抱っこされた思い出などまったくない私からしては、とても意外なことでした。

家の増築は、ちょうど私が退院した頃に始まりました。おかげで私は、ただでさえ輸血するくらい大変だったのに、産後の肥立ちといって休んでいるわけにもいかなくなりました。家では大工さんがトンカントンカンやっていて、寝ている場所もありません。それに

大工さんにもおもてなしをしなくてはなりません。やれ今日はお祓《はら》いだ、宴会だ、今日は建前だなんだとなれば、お酒も用意しなくてはならず……。そんなこんなで身体もしんどくて本当に大変でしたが、ずいぶん立派な家が完成しました。これなら四人の子どもたちが大きくなっても安心です。言いたいことは満載でしたが、終わりよければすべて良し、でした。

薫は、それはそれは可愛らしい子でした。可愛らしいだけでなく、とても賢いのです。しゃべれるようになったのも比較的早かったのですが、二歳になる頃には、歌ったり踊ったりすることもできました。クラシックの名曲を口ずさんだりするのです。祖父母もびっくりしていました。

私はその頃、ナスをハウスで作っていました。薫を一人で家に置いておくわけにはいきませんから、畑にも連れていき、ここに座っているんだよと言っているのに、薫は私についてきて、よくお手伝いをしてくれました。

ナスははさみで収穫するのですが、ヘタのところにトゲがあります。このトゲは、収穫直後はかなり鋭く、刺さるとケガをする（収穫後時間が経つとトゲは丸くなっていくが、収穫直後のナスのトゲはとても鋭い）ので、収穫と出荷のための箱詰め作業は、大人でも注意を要する作業です。

「かおちゃん、ナスには触っちゃだめだよ」

と言っているのに、薫は私のとったナスを持って、収穫用の木棚に並べてくれました。こっちはトゲでケガをしないかひやひやですが、薫は勘がよく、一度たりともトゲでケガもしませんでした。本当に賢い子です。

春は、私はイチゴを育てていました。イチゴは、とても手間がかかり、夜が明ける前に作業に取りかかります。日に当たると、摘んだときの手のあとが残ってしまうのです。売り物にできるきれいなイチゴを摘むためには、それこそ四時頃から作業しないといけません。まだ若いイチゴを摘んで、それを昼までにパックに詰めて、午後二時頃に農協に持っていきます。その間、食事をする暇もありません。三時頃にようやく朝ごはんです。

薫は、私がイチゴをパック詰めしていると必ず寄ってきて、熟して大きなものを選《よ》りすぐって食べていました。美味しいイチゴがわかるのか、美味しいものから選んで食べていくので笑ってしまいます。

「かおちゃん、イチゴばっかり食べていると、あとでごはん食べれなくなるでしょ」

と言ってもイチゴが大好きな薫は食べるのをやめませんでした。ほおばっている姿があまりに可愛らしくて、パック詰めする手がそのたびに止まったものです。

薫の可愛らしさには、あの気難しい父も負けていました。この家で生まれた、父からすれば、「はじめての男の子」だったということもあるかもしれませんが、父すら薫にはほろりとなって、私はしてもらえなかった「だっこ」を、薫にはやってあげていました。

もちろん祖父の愛情をかきたてるだけの魅力が薫坊やにはありました。なにせ利発。二歳になるかならないかで、おじいちゃんのお手伝いまでし始めました。子どもが親のしていることを真似するのはよくあることですが、この子は、真似だけでなく、ちゃんと役に立つお手伝いができました。

その頃、父は葉タバコを作っていました。タバコは収穫したあとに乾かして、しっかり乾いたら結束して、専売公社に持っていきます。もう取り壊してしまいましたが、葉タバコを乾かす専用の小屋もありました。

おじいちゃんが大好きな薫は、おじいちゃんの横で、タバコの葉を結束する様子を見ていました。おじいちゃんの作業を見ていた薫は、結束ひもがなくなってくると、ひもを取ってきれいに並べるのです。「おじいちゃん、はい」などと言いながら。これにはおじい

料金受取人払郵便

新宿局承認

7553

差出有効期間
2024年1月
31日まで

(切手不要)

郵便はがき

1 6 0-8 7 9 1

1 4 1

東京都新宿区新宿1－10－1

(株)文芸社

愛読者カード係 行

ふりがな お名前			明治 大正 昭和 平成 年生
ふりがな ご住所	□□□-□□□□		性別 男・女
お電話 番 号	(書籍ご注文の際に必要です)	ご職業	
E-mail			
ご購読雑誌(複数可)		ご購読新聞	新

最近読んでおもしろかった本や今後、とりあげてほしいテーマをお教えください。

ご自分の研究成果や経験、お考え等を出版してみたいというお気持ちはありますか。

ある　　ない　　内容・テーマ(

現在完成した作品をお持ちですか。

ある　　ない　　ジャンル・原稿量(

名					
買上 店	都道 府県	市区 郡	書店名		書店
			ご購入日	年	月 日

書をどこでお知りになりましたか?
1.書店店頭　2.知人にすすめられて　3.インターネット(サイト名　　　　　　)
4.DMハガキ　5.広告、記事を見て(新聞、雑誌名　　　　　　　　　　)

の質問に関連して、ご購入の決め手となったのは?
1.タイトル　2.著者　3.内容　4.カバーデザイン　5.帯
その他ご自由にお書きください。

(　　　　　　　　　　　　　　　　　　　　　　　　　　　　　　　)


書についてのご意見、ご感想をお聞かせください。

内容について

カバー、タイトル、帯について

弊社Webサイトからもご意見、ご感想をお寄せいただけます。


協力ありがとうございました。

お寄せいただいたご意見、ご感想は新聞広告等で匿名にて使わせていただくことがあります。

お客様の個人情報は、小社からの連絡のみに使用します。社外に提供することは一切ありません。

書籍のご注文は、お近くの書店または、ブックサービス(0120-29-9625)、
セブンネットショッピング(http://7net.omni7.jp/)にお申し込み下さい。

ちゃんもびっくりです。

「なんちゅう賢い子だ、この子は」

父が顔をほころばせているのを見て、私としてはこれを機に、父の短気も収まってくれたらいいのにと思ったものです。

別れの日

でもそんな幸せも長くは続きませんでした。

薫はある日突然、私の目の前からいなくなってしまったのです。

十一月。稲こきの時節です。前にもお話ししていますが、米農家にとって稲こきの時期というのは、一年でいちばん忙しい時節です。

その日は朝から私も天手古舞いでした。あれ？　薫がいない……捜そうとしていたときに、父がとにかく早く来いと言います。「薫が……」と私が言うと、「兄ちゃんたちと遊んでるんだろ、ともかく早く来い」と。

少しして家に戻ったところ、やはり薫がいません。お兄ちゃんたちのところに行っても一緒にいません。お兄ちゃんたちに聞いても知らないと言います。

私は不安になって、家の中はもちろん、庭や倉庫を捜し回りましたが、どこにもいない。とてもいやな予感がして、家の前の用水路の畦道《あぜみち》を走りました。私の家は、家の前に用水路があります。外の道に出るときは、この用水路にかけた長さ一メートルくらいの石の橋を渡らないと行けません。誤って橋から落ちたり転んだりしないよう、端に石を置くなどしており、子どもたちがここを通るときは、「怖いよ怖いよ」と言いながら、立ち止まったりせず、落ち着いて静かに歩いて渡るように教えていました。

用水路は畑に水を引くときのほか、ここで洗濯もしていました。川に入るときのために、階段を設けていました。もちろん子どもたちには、そこには近づかないように教えていましたが。

川の中に注意しながら、畦道を一キロくらい駆けたあたりでしょうか。遠く樋門《ひもん》が見えてきて、樋門に、何か色のついたものが引っ掛かっているのがわかりました。血の気が引きました。

「薫!!」

やっと見つけた我が子を救うべく、私は土手から入っていき、坊やを抱き上げて、土手に戻しました。あのときの身体の重さは忘れられません。樋門にはボールも引っ掛かっていました。ボールで遊んでいたら、ボールが川に落ちてしまい、それを拾おうとして川に落ちたということなのか。もちろんそのときは原因など考えている余裕などありませんでした。

私が大声で助けを求めると、畑にいた人や近隣の家の人たちが出てきました。

「お願い！　救急車を呼んでください!!」

私は薫の名前を呼びながら肩をゆすりますが、坊やはぐったりしていて目も開けないし動きもしない。

「薫、薫、薫！」

私は人工呼吸を習ったことがあったので、しようとすると、集まってきた人たちが、そんなことはしないほうがいいと言う。じゃあ、どうすればいいの？　誰も突っ立て見ているだけ。救急車を呼ぼうともしてくれない。仕方がないので、私は走って橋を駆け上がり、近くの民家に、救急車を呼んでくれるように頼みました。

ようやく救急車が到着しましたが、その第一声は、

「これはもうだめだ」

――何がどうだめだというのでしょう、見ただけで何がわかるの？

薫はそのまま救急車に乗せられていき、私はあとから車で病院に駆けつけました。

「あそこの部屋にいます」

と看護師さんが指さした部屋に入り、さらに絶句しました。そこでは薫が裸のまま横たわっていました。投げ捨てられているように見えました。なぜ、何か被せるくらいのことすらしないのだろうか。いくらもう息がなかったとしても、親族が来るまでは誰かが付き添ってやるとか、その程度のこともしてくれないのか。

なんて冷たい病院なんだろう。以来、私はこの病院には行っていません。ええ、二度と行くかと思いました。

そうこうするうちに警察が来ました。私は帰らせてもらえませんでした。どういう事情か話せというので、私はそのままを話しました。

休みの日で、てっきりお兄ちゃんたちといるものだと思っていたらいなかったこと。気が付いて捜してみたら樋門のところにいたこと。いつ落ちたのかはわからないこと。すると警察の人はなんと言ったか。

「四人男の子だし、もういらないからって、あんたが突き落としたんじゃないのか？」

一体、なぜ私がそんなことをするというのでしょう。呆《あき》れて私は絶句してしまい、言葉が出なくなってしまいました。

葬式には、お兄ちゃんたちの学校の先生や校長先生も来てくれました。お兄ちゃんたちと一緒に小学校に行くことがあり、利発で可愛いから、先生方からも可愛がられていたからです。

薫は物覚えが良いので、お兄ちゃんたちが小学校の校歌を歌っているのを聴いて覚えてしまい、一緒に校歌を歌いました。これはもう本当に可愛らしかったし、先生方も驚いていました。実際、死の前日は、三男の学年の保護者参観日で、私は薫を連れて小学校に行っていました。そのときも、利発な薫は職員室の人気者になっていました。それが昨日の今日でこんなことになってしまい、先生方も絶句していました。葬式のとき、校長先生は私にこう言いました。

「なんということをしたのだ。あなたが悪い」

そうです。私が悪い!!　父は稲こきをするから早く来いと言いました。いいからともかく早く来いと。お兄ちゃんたちと遊んでいるんだろ、おまえは早く来いと。でも、私が悪いのです。

入棺して扉を釘《くぎ》で打つとき（普通は火葬ですが、小さな子どもだったので土葬にしました）、つまりこの子を見ることができるその最後のとき、お願いだから、私もこの子と一緒に埋めてほしいと思いました。思いは何も言葉にできず、ただただ泣き暮れました。

お通夜の晩のことは、今でも目に焼き付いています。あの晩、父は、冷たく横たわるあの子の身体を抱き上げ、

「俺が温めてやる」

と言って、股の間に挟んで、一晩中、しっかりと抱いていました。これは私も驚きました。私にとって父は厳しい人であり、細やかな情愛を示すような人ではなかったからです。父は、本当に、冷たい坊やを温めようとしているように見えました。そうすれば本当に、この子が目を覚ますのではないかと信じているようにすら見えました。しかし奇跡は起きませんでした。

思えばあの日は不思議だったと思います。

薫は早起きで、起きるとすぐに階段を下りて下の階にいくのですが、その日はどういう

わけか下りようせず、私にずっとしがみついていました。「どうしたの？　かおちゃん」と聞いても何も言わず、ひたすら私にしがみつく。今日は変だなあと思っていました。あの子は、私との別れをわかっていたのでしょうか。

その日は祝日でしたが、主人は、地域のマラソン大会があるので県道の様子を点検するため出勤しました。いつも主人は朝が早いので、薫と一緒に朝食を食べたことはありませんでしたが、その日は少し遅い出勤で、主人は初めて薫と一緒に朝ごはんを食べました。薫はお父さんと一緒に朝ごはんが食べられるのがとても嬉しくて、もうそれはそれは嬉しくて嬉しくて仕方がないといったふうで、ごはんを三杯もお代わりしました。あの子は納豆が大好きで、納豆をごはんにかけて三杯も。

「今日はエライ食べるなー。お父さんと一緒に食べられるのがそんなに嬉しいか」

そう言いながら、主人も顔をほころばせていました。まさかその三時間後にこんなことになるとは……。父親との食事は最初で最後となりました。

苦しい日々

十二月二十日、警察から呼び出しが来ました。事情を聴きたいと。たとえ我が子であっても、事件性を疑うのだと言われました。

取調室というのですか、それこそ刑事ドラマに出てくるような片側が檻《おり》のようになっている部屋に通され、刑事さんからいろいろ聞かれました。最初から罪人扱いされているような気がしました。立会人という人がもう一人いて、いかめしい顔で私を見ていました。

その日、集まった人たちは誰かと聞かれました。私の悲鳴を聞きつけて駆けつけてきた近所の人、農作業をしていた人たちですが、誰がいたかなんて覚えてないし、調べてもいません。そもそもそれどころではありません。

薫はきっとお母さんに早く見つけてほしくて、あそこで待っていたのでしょう。樋門がなければもっと下流までどんどん流されていたでしょう。私に見つけてほしいと引っ掛かったのです。わずか二歳と二か月で旅立たせてしまった。あの子になんと詫《わ》びていいのかわからない。

あの子がいなくなって、私はほとんど何も手が付きませんでした。何をしていても薫のことが頭から離れません。家のどこにいても薫の面影があります。

薫は本当に人懐っこく、愛情にあふれた子でした。あの子はよく、私にしがみついては、

「ねえ、かおちゃんのこと好き？　好き？」

と聞きました。「もちろん好きだよ」と答えます。そうすると満足げな顔をします。でもしばらくするとまた聞いてくる。あまりに幾度となく聞くものだから、ふざけて「嫌いだよー」っと一度言ってみたら、大変なことになりました。「やだぁ、やだぁ」と半泣きになりながら、さらに「かおちゃんのこと好き？　好き？」としがみついて聞いてくるのです。「嘘だよ、好きだよ」と言うまで、絶対に引きませんでした。「嘘だよ、好きだよ」と言うと安心したような顔になりました。

今にして思えば、あの子は、自分が親より先に逝くということがわかっていたのだと思います。だからあんなふうに一生懸命甘えて、私の愛情を確認したがったのではないかと。そうとしか思えません。

庭にいても、畑に出ても、台所にいても、お風呂場にいても、家の前の橋を渡っても、用水路を眺めても、蔵の中にいても、どこにいても薫の面影がついて回りました。私のい

る、ありとあらゆる場所に薫がいる。あの子が私にしがみついて、

「ねえ、かおちゃんのこと好き？」

と聞いてくる。「もちろん好きだよ」と言って抱きしめようとすると、あの子がいない。

ああ、そうだ、あの子はもういないんだといきなり頭を叩かれたようにすべてが現実に戻る。毎日毎日そんなことの繰り返し。家や庭や畑のどこにも薫がいて、しかしどこを捜しても薫がいない。

私は苦しみと対峙《たいじ》すべく、薫への思いや薫と共に過ごした日々の思い出をノートに書き綴《つづ》るようになりました。


ちゃんと大小便を知らせるようになったのは、九月になってすぐだったね。えらいえらいって誉めてあげたよね。でもね、お母ちゃんは、かおちゃんの汚れ物を洗っていた頃が、いちばん幸せだったなって思うよ。

着替えさせたり、パンツをはかせたりするたびに、お母ちゃんは、かおちゃんのことを抱きしめて、頰っぺたや頭にチュウチュウしたよね、覚えてる？　かおちゃんもニコニコ

しながらしがみついてきたよね。

お母ちゃんの不注意で本当にごめんね。そういえばかおちゃんは、お母ちゃんがチューリップの球根を植えているとき、猫を追いかけて、お隣さんまで行っていたよね。あのときズボンがびしょぬれになっていた。用水路に落ちたの？　あのとき、かおちゃんに、もっときつく言わなくちゃいけなかったんだ。用水路は怖いところなんだって。

かおちゃん、お水が好きだったよね、おじいちゃんが、川の水を飲んでいるのを見て、一緒に飲みたがったよね……。いつだったかハンカチを濡らして持ってきたけど、あのときも川の水で濡らしたんでしょ？　あのときお母ちゃんは気づくべきだったんだよね。

ノートのページは増えるばかり。でもあの子の面影はいっこうに消えない。あの子がいなくなって一年経っても、毎日こんな調子。

もう駄目だと思いました。このままここに居たら、私は本当に頭がおかしくなってしまう。ここから出ないといけない。

私、働きに出るわ

それで私は決めました。働きに行こう。お金がどうのということじゃない、家にいたら頭がおかしくなってしまうので、家から出る。手始めに職業安定所に行ってみましたが、縫製工場の仕事はありましたが気が進みませんでした。そんな折、入っている生命保険の方から電話がありました。

「森本さん、もうそろそろ保険のお見直しの時期です」

「いえ、ごめんなさいね、今それどころじゃないの。仕事を探していて」

そのとき私はまったく知らなかったのですが、保険会社では、外交員の方が「増員」といって、新人募集のお仕事もするのです。仕事を探しているという私に、その方は言いました。

「森本さん！　じゃあ、是非、うちで働きませんか？」

というわけでお仕事は決まりましたが、夫が難色を示しました。

「食わせてないみたいじゃないか……」

「そんなこと……。別にお金のためじゃないわ。ともかくこの家にいたくないのよ。薫のことばかり思い出されてきて、もう頭がおかしくなってしまう」

「だけどお前、保険の外交員は……」

保険の仕事というと、当時、必ずしも良いイメージばかりではありませんでした。勧誘がしつこいとか、また男性のお客さんと相対することも多いので、仕事以外で会ったりするのではないかとか。

「別に私、会いになんて行かないもの」

「それはそうかもしれないが……」

印象が良くないという夫に、

「何、別に泥棒するわけじゃなし、何がどう悪いの？」

母も反対しました。農作業を含め、することがいっぱいあるのにと。でも私の気持ちは、家にいたくない、ただそれだけでした。

生命保険外交員になる

予定では半年くらいで辞めるつもりでした。半年くらい家から離れられれば、なんとか私の精神も落ち着くだろうからと、そう思っていたのです。

しかし結論から言いますと、私はこの会社で三十二年間を過ごさせていただくことになります。

保険外交員のお仕事というのは、入ったり辞めたりが多い世界ですが、私はおおむね、水が合っていたのか、気づけば長い年月を過ごしました。

保険外交員というと、よく言われるのは、「ノルマが大変なんでしょう?」というものです。

たしかにノルマはあります。それをクリアしないとお給料が下がることもありますが、もともとお金が目的ではなかったので、お金のために無理をするという気持ちは私にはありませんでした。無理なく、できる範囲でお仕事をしました。もしエネルギーはどこにあったのかと聞かれたら、たぶんそれは、契約をしてくれたお客様に喜んでもらいたいとか、そんな気持ちでしょうか。本当に辞めようとしたこともあったのですが、「あんたが辞めるんだったら、入った保険やめるわ」とお客様に言われ、そこまで言ってくださるなら続けないといけないなあと思ったこともあります。

保険の仕事は比較的時間が自由です。朝、会社を出て、自分の計画でアポ取りしながら、我が家の仕事をし、父の世話もしました。

後述しますが、親が倒れて私が面倒をみなくてはならなったときは、これが普通の時間で拘束されるようなお仕事だったら、続けるのは絶対に無理でした。保険のお仕事だったから、仕事と両立させて、行うことができたのです。

あなたの笑顔がいちばんいい

担当を先輩から引き継いだ会社がありました。先輩によれば、社長さんご自身は、あまり保険には興味がないようでした。時折、訪問しては会社の皆さんにご説明させていただいたり、チラシを配ったりしていました。あるとき社長さんからお呼びが。

「ちょっと見積もってくれないかね、保険。あなたからなら入りたい」

意外な方からの意外な発言にびっくりです。私は、無理して契約を取ろうとか、そういう気持ちはまったくなく、お客さんが喜んでくれればいいや、くらいの気持ちでやっていただけでした。会社の経営者ですから、一定の死亡保険金が保証されたほうがいいと思ったので、一億円の設計書を作成して持っていったところ、その社長さんは、

「これだけでいいの？」

とおっしゃって、何と二本入ってくださいました。これには私もびっくり。その社長さんは、私のことを誠実で正直だと思い、入りたくなったのだとおっしゃいました。この仕事をして良かったと思った出来事でした。

仕事では、研修や報賞の一部として、日本全国あちこち行かせてもらいました。ひとつひとつがとてもいい思い出です。研修で知り合った方々の中には、辞めて八年が過ぎているというのに、まだ賀状のやりとりや文通をしているお友だちもいます。本当にたくさんのいいご縁をいただいたと思っています。

大阪の研修所では、営業でもっとも大切なことは、誠実さ、正直さ、何より「笑顔」であると教えられました。笑顔がもっとも大事だと。そんなお話のあとに、その研修所所長は、前方の席にいた私のところに来て、こう言われました。

「森本さん？　ほんま、いい笑顔されてますな……。あなたの笑顔がいちばんいい」

所長の話を熱心に聞いていたからでしょうか。それでもわざわざ私のところに来てこんな言葉を掛けてくれるなんて。

私は母から、妹たちは美人なのにおまえはブスで……と言われて育ちました。それで少女の頃から、せめてニコニコしていようと思っていました。それが良かったのでしょうか。

私が戸惑っていると、

「ほんま、いい顔されてる」

そう言って、所長はにっこりされ、あなたなら必ず成功するから、頑張ってほしいとおっしゃいました。やさしいその方の笑顔につられて、私も、

「はい、頑張ります！」

と約束してしまいました。なるほど、笑顔には力がありますね。

子どもたちは中学生になると新聞配達のアルバイトや牛乳配達のアルバイトをするようになりました。しかし、高校生になると早朝部活があり、継続不可となりました。私（親）が代わりにしてほしいと頼まれて一時期引き受けました。

昭和六十年は鳥取県の「わかとり国体」でした。息子のうち二人は小学校五年、六年で聖火ランナーを務めました。私もボランティアで参加しました。

県職員としての仕事に忙しかった夫は、この時期、昭和天皇陛下の奉迎のお役をいただき、前年より奔走しておりました。そんな大役をいただき、本当に有り難いことです。

仲人さん稼業

保険の仕事をしていると、おのずと顔が広くなり、人脈が広がります。

そうすると、これこれこういう独身の男女がいるのだけど、いい人いたら紹介してもらえませんか？　なんて頼まれることがあります。実に私は五組のカップルのお世話をしたのでした。今に至るまで皆さん幸せに暮らされているようで、本当に嬉しい限りです。

この地域の婚姻のしきたりでは、仲人がお嫁さんの手を引き、お相手にお渡しするというものがあります。式場でそんな大役を務めるので、留袖を新調しました。当時の私にとって、かなり値の張る買物になったのですが、めでたい席ですもの、いいわよね、これくらい。

保険のお仕事によって、私の住んでいた世界は変わり、知らない自分に気づくことができました。私が泣いてばかりいるのを見て、薫がそれではいけないと、背中を押してくれたのだと思っています。

玄関の先、用水路の橋の手前に、金木犀《きんもくせい》の木があります。これはちょうど薫が二歳になった頃、農協で苗木が売っていたので買ってきたのでした。金木犀はいい香りがします。香り＝薫の木にしようと思い、薫と一緒に植えたのです。とてもいい匂いのする木なんだよ、かおちゃんの木だよ、と言って。

薫の木は、毎年少しずつ成長し、やがて秋も深まった頃に、きれいなオレンジ色の花を咲かせ、華やかな香りを放つようになりました。ただ金木犀は散るのも早い。パッと咲いたと思うと、いくらもしないうちに散ってしまう。

二〇二二年、薫が亡くなって四十二年目の秋。つまり生きていればあの子は四十四歳です。今年も庭の金木犀が華やかに咲き、散っていきました。

第四章

父の手帳

父の介護と死

三人の息子たちは、それぞれ自分の道を歩んでいました。長男は愛知県の大学に行かせたものの、いくらもしないうちに辞め、東京に出ていました。そこで新聞奨学生の仕事をしながら専門学校に通い、アマチュアボクシングまで始めて試合に出たり……。勤めていた新聞販売所の社長は、とてもいい方で、何かと便宜を図ってくださっていたようです。その後、この方のご紹介で、新聞のグループ会社に就職し現在に至っています。

次男は高校を卒業して自宅浪人後、大学に行っていましたが、月五万の仕送りだけでは大変で、いつの間にか退学していました。やはり故郷のほうが住みやすかったようで、現在は、鳥取にいます。

三男も月五万円の仕送りにこりて大学を中退し、その後、すぐに社会人として働くようになりました。

子どもたちも手が離れたし、やっと自分の好きなことでもしたい……などと考えていた四十代初めのある日、大変なことが起きました。昭和六十一（一九八六）年一月十六日、父が七十歳のとき、脳梗塞で倒れたのです。一時期はどうなることかと思ったのですが、何とか一命はとりとめました。その十一年後の八十一歳のときに父は亡くなるのですが、その間は自宅と病院を行ったり来たりの日々でした。

病院は、リハビリができる病院が倉吉になかったため、入院一週間後、島根県の玉造厚生年金病院に転院しました。しかし父はこれが不満でした。父に言わせると「俺を島流しにした」ということらしいのです。リハビリの病院が近辺にないから仕方がないのに……。父は麻痺がひどく、一時期は手もまったく動かなくなってしまいましたが、懸命なリハビリの末、なんとか字が書けるまでには回復しましたが、完治はしませんでした。

病院へは母と私とで一週間おきに交互にお見舞いに行きましたが、島根ですから遠い道のりでした。片道二時間かかるので往復するだけで一日仕事です。保険の仕事は所定の契約が取れていれば、細かいことは問われませんので、朝、会社に出勤だけして、その足で父のいる病院に行くというふうにしていましたが、予定の時間に遅れることもあります。そうすると決まって父は機嫌が悪くなり、「なんでもっと早くに来ないのか」と怒るのです。家族が来てくれないと寂しいのでしょう。だったら素直になればいいものを、最後までそうはなりませんでした。

父は帰りたい帰りたいと駄々っ子みたいで、同年5月9日、看護婦さんたちの反対を押し切り、自宅に戻ってきました。でももう以前のように田畑の仕事もできない。そのまま倉吉の老人介護施設に入所し、自宅と施設を行ったり来たりの生活になりました。家にいるときは、私と母とで介護をしました。母は父の介護をあまりしたがらず、私にやらせていました。

手が動かない父に食事をさせてあげるのは私の日課でした。母によれば、「静衣にしてもらいたがっている」「あんたじゃないと食べないから、してあげて」。

私じゃないと食べないというからには、私も少しは愛されていたのかしら、などと思いながら、スプーンで口に粥《かゆ》を運びました。でも父は私に何も言いませんでした。宙をにらみつけるような目をして、黙って食べていました。

今は「父は本当は『静衣ありがとう』って言いたかったのかもしれないな。でも頑固な昔の男だから、そんなふうに素直な気持ちを言葉にすることができないのかな」と思うことにしています。一時はイチゴのパックのシール貼りを手伝ってくれる時期もありました。少しでも役に立ちたいという気持ちだったのだと思います。

寝たきりになってしまった父の代わりに、夫が農業を引き継ぐことになりました。しかし本業は県職員ですから、本当に大変でした。役職にも就いていて忙しい夫は帰りも遅くなることも多かったし、休みの日だって寝ていたいのにそうも行きません。なんとか私も補佐して一緒に作業しました。夫は本当に大変だったと思います。

田植えの終わった翌日、その報告をしに、父のいる病院に行きました。

父は会うたびに小さくなっていく気がします。でも頭のほうは元気だし、まだ大丈夫だと思っていました。

私が「お父さん、田植えが終わりましたよ」と報告をすると、父は満足そうに微笑みました。付き添いの職員さんが私に言います。水を飲んで下さらないので、娘さんから飲ませてもらえないかと。

お父さん、水分を取らなくちゃだめだから、飲もうねと言って私がコップを差し出すと、父は素直に飲んでくれました。それが末期の水となりました。

翌朝、夫と母を車に乗せて送っていたところ、携帯電話が鳴りました。病院からでした。早朝、茂さんがお亡くなりになりましたと。平成九（一九九七）年六月一日、享年八十一歳でした。

母の死

保険の外交員は六十歳が定年ですが、いわゆる再雇用制度があり、最長七十歳まで在籍することができます。辞めても良かったのですが、「森本さん辞めるなら私も保険やめるわ」というお客様の声をいただいていたのと、当時の支社長が、再雇用で続けてほしいと熱心にお願いしてくれるもので、続けることにしました。再雇用の場合、ノルマはなし、既存のお客さんのフォローが主な仕事になります。その間、既定の給与は保証するとのことでした。後述するように実生活ではいろいろあったのですが、再雇用の場合、出勤も毎日でなくてよいので、承諾しました。

お客様の立場でいえば、それこそ、昔からずっと支払ってきた保険の「結果」が出るのがこれからです。死亡保険の支払いもそうですし、終身保険のこととか、医療保険の手続きとか、支払われた保険金のその後の運用とか、長年のお客様への恩返しができるのもこの時期からであり、最後まできちんと自分で面倒を見てあげることができるなら、それに越したことはありません。

私が六十歳を過ぎてしばらくして、今度は母が要介護になりました。もともと、徐々に認知症の症状が出ていたのですが、八十八歳で餅を喉に詰まらせた頃から、さらに悪くなっていきました。何もしていないのに大腿部《だいたいぶ》を骨折して歩行困難になり、その二年後、もう片方の大腿部を骨折して、寝たきりの生活になりました。高齢になると、そういう日常生活の普通の動作で骨折してしまうことがあるのだそうです。寝たきりになると、母の認知症が進みました。

寝たきりで何を話しても聞いているのか聞いていないのか、さっき食べたごはんのこともすぐに忘れてしまうのは仕方がないのですが、トイレが自力でできなくなってしまったのには本当に困りました。トイレに行きたいと思う頃には、出てしまう。仕方なくおしめにしましたが、おしめを替えている端から出てしまう。シーツの汚れは洗濯で何とかなりますが、畳の目地に汚れが入ってしまうのです。色が染みついてしまいました。

本人も汚れているのはもちろん嫌です。可哀想なので、出そうな時間にできるかぎり気付けるよう、私は大便と小便とで別々に「正」の字をつけて記録するようにしていました。こうすることで母の体調チェックにもなりました。

私には仕事もあったし、毎日、私一人で介護をするのは無理だったので、時々、ショートステイで母を預かってもらうようにしていました。

そんなこんなのあるとき、今度は自分自身が倒れてしまいました。五月、タケノコ採りに行くのに、近くの山に入ったのですが、前日に雨が降ってぬかるんでいたこともあり、ちょうど崖のあたりで滑落してしまったのです。

ちょうど二階建ての家くらいの高さの崖でした。私はしばらく気を失っていたようで、落ちた瞬間のこともよく覚えていません。意識が戻ったのは、近所の男性の背中の上でした。ちょうど私が滑って落ちるところが崖下から見えたそうなのです。急いで私のところに来てくださり、とりあえずおぶってくれたというのです。

幸い圧迫骨折だけですみましたが、寝たきりになること三か月、必死のリハビリの甲斐あって、ようやく歩けるようになりましたが、打ちどころが悪ければ、そのままあの世に行ってしまってもおかしくないし、発見が遅れたら障害が残った可能性もあるでしょう。もう本当に、その男性には感謝してもしきれません。あれ以来、我が家では、野菜を収穫すると、まずそのお家に持っていきます。私の命の恩人ですから。

ケガをしたり、病気をしたりは夫にもありました。多忙で働き詰めであった夫は五十代で心筋梗塞になりました。また、家の修繕中、梯子《はしご》が外れて落ちて、大ケガをしたことがあります。そのときは数か月入院することになり、一時期は自力でトイレに行けず、介護が必要でした。看護師さんもいましたが、家族にしてもらうほうがいいと、夫はわざわざ私を待っていました。

私の骨折があって、母の介護はショートステイから長期入所に変更になりました。なんとか畑仕事ができるようになった頃、施設から母を連れだして、あちこちに連れていってあげました。うちの墓参り、母の生家の墓参り、入院しているいとこの見舞いなどです。家の玄関に入ると、母が嬉しそうに笑いました。ああ、お母さん、ちゃんとわかるのね。お母さんの大好きなおうちだよ、ほら帰ってきたよ。

平成二十六（二〇一四）年十一月九日早朝、施設から電話がかかってきました。母の容態が良くないというのです。急いで駆けつけて、二十四時間、母に付き添いました。10日の早朝、疲れた私はついウトウトしてしまった。はっと目が覚めたとき、母は亡くなっていました。私の気づかぬうちに旅立ってしまったようです。九十六歳でした。

母は、自分のことをあまり幸せだとは思っていなかったかもしれない。それでも農家の嫁として日々の雑事に追われる中、私たち娘をしっかりと育て上げてくれました。

子どもの成長と家族の幸せがいちばんの楽しみだったお母さん。最後の最後、私はちゃんと親孝行できたでしょうか。

動かなくなった母に、「お母さん、ありがとう」とだけ伝えました。

父の手帳

こうしてあととり娘として、二人のお見送りをし、しばらくして家族の遺品整理を始めました。まずは父の部屋の整理です。父は几帳面でしたから、押し入れもきれいに整理されていました。そんな中、埃を被った段ボールのひとつを開けて手が止まりました。

中から出てきたのは数冊の手帳、そして古い写真、別の袋には、古いケースに入った刻印の施された紋章（正確には階級章）の数々……。手帳を開くとこんな文字が目に飛び込んできました。「皇軍従軍日記」。

ページをめくると「北支派遣部隊磯谷部隊前野部隊丸本中隊谷小隊東分隊木下班　輜重兵特務二等兵　森本茂」と書かれ、祖父と祖母に抱かれる赤ちゃん（おそらくその赤ちゃんは父なのでしょう）の写真が貼ってありました。セピア色の古い写真です。

何かいきなり、平成から一気に戦前の昭和にタイムスリップしたような気持ちになりました。

思い出多き日即ち昭和十二年七月二十七日召集令状を受事てより懐しき故□の船出大□天津間の難路行軍　各地の重大なる輸送経過等日々日記を以て将来の参考迄に記入せり　□に当り　□にあう度毎に過去の追憶を以て堪えざらんとせば　本記帳の使命果さるると謂ふべきなり　故吾國民、親友　智己の御援を謝し、神の守を受事つつ目的完徹せざらん事を本記帳に先だち念じて止まざる次第なり

昭和十二年七月二十七日　森本茂

私は「ああ、これかあ」と思いました。母が「お父さんはね、戦争で辛い目にあって、ああいうふうになってしまったのよ」と言っていた、その戦争のときのものです。もっとも父の口から直接、戦争に行ったという話は聞いたことは一度もありませんでした。だから現実味もなかったのですが、父の遺品を見て、なぜだかようやく腑に落ちました。

父が大事にしていた運転免許証入れには、すまし顔の父のカラー写真の載ったピカピカ

出動記念の集合写真

の運転免許証、その裏側に三枚の写真が入っていました。その三枚は色あせた古い写真で、そんなに古い時代のものが、カラーの運転免許証と一緒に入っていたことに、違和感を覚えました。一枚は戦友なのでしょうか、父と肩を組んでふざけています。戦後五十二年近い歳月が経っても、父はずっと大事にして持ち歩いていたということでしょうか。とても意外でした。

　日記は小さな手帳にびっしりと、旧仮名遣いで崩し字も交じって書かれており、判読するのが困難でしたが、なんとか読めるところだけ、読み進めてみました。日記にはその日にあったことが細かく書かれていました。天気のことから、配給の品、食べたものなど、記載されていました。手帳は合わせて三冊ほど。数百ページはゆうにあります。いずれも昭和十二年から十六年頃までのもので、それ以降の記述はありません。戦争が激しくなるのはそれ以降ですが、もう書くのをやめていたのか、それともどこかで紛失したのか。

父は年に何回かの「軍恩会の集い」には必ず参加して、酔っ払って帰ってきたものです。寝たきりになって会には行けなくなっても、軍恩会の会費だけは忘れずに払っていたことを思い出します。

冒頭で、父が徴兵されてからはじめての満州国・光州に上陸したときのことを抜粋しましたが、ここからは上陸してからのところから読んでみます。

皇軍従軍日記①

八月二十二日

今日こそ吾等の進む日である　道悪ケレド雨降ラズ　六時起床朝食食ハズシテ道路の修理をしつつ進軍、昼食乾パンニテ過ス　泥土は膝を□し、足は抜□ず三里余の地点

ニ部隊に宿営　舎内当番を始めてする。車両部隊馬匹の損失甚し　負傷者病人盛ニ出ル　窪津太馬に□うる。

八月二十三日

今朝六時出発　信倫を歩まずやむなく獣医官の検査を経て捨てる。空晴れたれど土は愈々ねばし行軍不利となる　午後四時□降雨あり一里半進軍、墓場に露営　一丁余の行軍三回位の小休止あり始めて味ふ難路行軍なり

八月二十四日

朝ヨリ大降雨　昼まで立通しにて出発を待つ　午後一時出発半里前進　□□といふ小さな町に宿営　病人並ニ少数の車両　船で輸送する　雨に濡れ病人多く出る　吾等も寒気迫り来て死人の如し　学校を破壊して大火にし濡着を乾かす

悪路を行軍する話が続きます。食事もままならない中、朝から晩までいろいろな作業をしていたようです。病人も多数出てきているようですが、父は大丈夫だったのでしょうか。

八月二十五日
空晴れ午前六時出発　今日一気に天津入りをせんものと皆乗車　大難路を突破して午前中に減水江着　サイダー、パイ缶等もらって活を得□は六□　一ヶ小隊守備して居る。□途中稲田今しも穂を出さんとしている　内地の田畑を想像する　午後一時出発道路割合良し　午後四時ごろより又悪くなる　馬のたほれし数知れず　午後十一時漸く天津前一里上海紡織工場に着く　夕食午前一時　寝午前三時

八月二十六日
午前四時ヨリ馬掃除馬具修理等をして午後出発　午後三時天津入り河北省立女子中学校に宿営　車両手入其他　電気始めて見る　支那の学校便所なく皆アンペラ（湿地に生える草）で仮の便所を拵えて使用

夕食をとったのが、日付が変わった深夜の一時で、寝たのが三時。その次の日の記録では朝の四時には厩の掃除とあります。ほとんど寝てもいません。まだ徴兵されていくらも経っていない、大陸に着いて早々からこんなふうだったのか……。

九月の日記を見てみましょう。

九月二十二日

午前一時出発　一、三小隊を残し天津防毒面取りの□□出る。午前七時五里余の地点滄洲攻撃根拠地着。道に貨物を出し波止場にて貨物分載　を得て砲列陣地に着く　滄洲攻撃第一陣重砲弾の砲声物凄く夜各班一車両宛は　自隊貨物を取りに根拠地に引返し夜明迄に陣地に帰還せり　俺、森川、宮下、黒田四名ナリ

九月二十三日

今日又一日此所でキミ材をたいて飯を拵えつつ待機。前方敵頑強に抵抗するため前進出来ず　小銃機銃砲弾にて賑やかなり否壮烈なり　歩兵負傷兵　野戦病院（□□□）に引返すも何□に激戦なるかを物語るものなり　□□□□

九月二十四日

出発の都合なるも敵陣退かず。出発中止　午後四時漸く敵兵退却す。

九月二十五日

又今日雨となる陣地□□せるも砲、輜、各前進部隊道悪く進むあたわず　一里余の□□にて三丁余引返し宿営せり　第三中隊長の指揮下に入る。午後十時再び出発　三里余□□□　露営、敵陣地死体ニテ臭気鼻をつく　鉄条網塹壕水壕等多し

九月二十六日

午前六時出発　六三機関銃隊と共に鉄路に添い水の中を前進二里余滄洲迄晩迄かかって漸く午後六時滄洲着　如何に悪路ナルかは想像すべきなり　□載糧秣を野戦倉庫ニ下ス　事故相当に多し中でも俺は死線を幾回となく突破せり

九月二十七日

滄洲集結で終りかと思いの外　午前三時起床六時出発滄洲駅に向ふ　途中にて事故あり小隊長負傷　特務兵一名死せり　午後此の地点にて厳重警戒しつつ露営　死体は火葬となす

九月二十八日

午前四時出発準備完了　一里余の地点にて朝食を終り　第六中隊本部と一緒になる
午前八時出発中隊順序に徳□に向って行軍を開始する　援護隊ニ内田勇君来り話ス
四里余の地点に宿営　郵便物始めて受取る　支那人二名銃殺一名は軍刀にて切る。防毒面返る。

九月二十九日

午前六時出発すれども前二ヶ中隊　弾烈等のため進むあたわず　二里余の地点馮家口にて露営する。野戦倉庫迄使役一車両舟ニ積込み病人窪津、西村舟に乗る。今日ヨリ俺、幕舎班長となる。

十月の日記を見ると、十月十日に冬服が支給されたと記されていました。北のほうですから、十月でも、もうとても寒いのでしょう。

十一月十二日

午前五時起床七時出発準備完了　六三八中隊の護衛にて出発　輜三中隊衛生隊連隊本部隊一緒ナリ　途中敗惨兵出で通訳並兵二名戦死す。ため一旦脱鞍して後再び出発次の部落迄行って宿営する　この地の土民、嬰児を捨てて逃ぐるあり　可哀想なり（長□付近）

十一月十三日

朝四時起床　六時出発準備完了良く行軍する。午前十一時、歩□、砲輜、衛、架橋のため集結せる所ニ敵立ち出で三百余殺す。小銃機関銃の分捕り品多し——今日こそ始めて敵陣が身辺を通りし□□□、馬と車の間を通り　頭の上を通る。数知れずはるか遠く敵兵の逃ぐるを見る。一夜中、緊張の中に夜を明す　工兵隊の架橋速なり　徹夜歩兵砲小銃機銃の銃声物凄く野砲一睡せず通過せり

十一月十四日

朝の払暁、戦盛なり　工兵又も架橋作業を続く十時出発、工兵隊努力の架橋通過、水の中を二十米位通過し大休止せり、此の架橋中、敵は右岸より猛射、歩兵川を渡る

間、砲兵左岸より応戦し居たり
午後ぬかるみの中を一里余にて露営　この吾等□□部隊は歩六三一連隊砲兵一ヶ大隊輜重二ヶ中隊衛生、□砲兵大行来る　□兵歩兵大行来るニテ総員四千名　之の隊は晏城を迂回して南方より禹城を攻撃　陵県ヨリ南下の十師団中隊と共に両攻の目的なり故に苦労一通りならず　団に軍の作戦を見ん。十師団は一挙に禹城を落して黄河の戦に進出し青島より五、十六師団にて□南攻撃ニ□らんとする態勢なりと。今日晩飛行機と地上連結なる　晩四名支那人銃殺

十一月十五日

午前七時出発約七里午前中湿地のみを通り、午後畑の中を通る。午後の行軍路は歩兵の前進直後なるため生臭い支那人の死体数限りなく横たわる。午後六時、晏城南方半里五荘着宿営、歩兵一ヶ中隊防護衛

十一月十六日

一日間休養なり今日禹城攻撃の都合ナルモ禹城早や落城したため取止となる　難なく

食□

やっと「休養」がとれたようです。大陸に着いてからというもの、ほとんど働き通しではありませんか。しかしそのやっとの休養も翌日までのようでした。十一月十八日には、もうその次の攻撃に向けて早朝から出発しています。父によれば「格段に寒かった」そうで、その日の午後、「初めて雪が降った」と書いています。

十二月十六日

午前七時半一ヶ班八車両は臨邑に向ツテ糧秣輸送ヲスルタメ出発　俺、下田、班長ハ残留、俺午前九時連隊本部ニ郵便物取りに行く　中隊に小包二百包□二百ケ来ル

十二月十七日

起床後馬屋整理に九時迄カカル　山本幸三郎、役場、親父ヨリ二包計四包来ル

晩小包の整理使役ニ行く　午後四時本隊臨邑ヨリ帰ル

十二月十八日

午前中休養、午後自隊糧秣受領ノタメ各班二車両宛行く　俺、古都、下田三名。ゼンザイ、ウスカワマンヂュー等食う　□原はもう立派に治安回復せり

十二月十九日

命令あり第十師団再び第一線ニ出動スベシト　午前七時出発第五中隊宿営地ニ糧秣受領四車両各班ニ車両宛ニ平原野戦倉庫ニ輸送糧□受領ニ行キ午後出発　準備ヲ完了シテ待ツ　昨日ヨリ馬屋拵えニカカッタガ一□使わず　出発スルコトトナル　今日慰問袋一袋宛アリ　京都桃山高女二年永島美佐子さんの慰問文モモラフ

十二月二十日

午前七時半出発　近回りして臨邑に向フ　今日ハ非常に寒ク○下二十度アリ　晩六時迄ニ臨邑約三里北方迄行き一部落ニ入り午後九時迄ニ夕食朝食ヲたき待キ　午後九時月明にて出発　十二時迄に臨邑を通過ス、今度ノ行軍ハ黄河渡河戦ヲヒカえ夜行軍ヲ続行し、昼ハ休ンデ夜歩キ寒い中ヲモ焚火は一切厳禁なり　手足は凍りつくようで死

人の如し　それに寝不足にて全く困りたり　午前一時ヨリ六時迄歩キ漸ク□家荘通過
然れども未だ朝食をする傾向なし　午前九時修架棲を過ぎて次の部落に付き漸く行軍
中止　一日了　昼間休養スルコトトナル此ノ行軍ノ苦しき事　朝□□出発後二十五時
間十八里の行軍を終了したり

お正月の日は、こんな記述になっていました。

昭和十三年正月　一月一日
午前○時塩□出発（□□）　夜行軍約六里□さは暮らし道はなしとは此の事であろう
乗□した身の冷える事死んだ手足の如く感覚さえもなし　午前七時黄河北岸○○山の
フモトニ来り　堤防ニ上るのに馬疲れ果てて苦労する然し七時半迄に堤防を越えて大
黄河の中に隊列を敷く　朝日の上る頃東にも西にも南にも同じような岩山の見え始
む。　今の黄河には氷流れず穏やかなり　鉄橋下ニテ渡橋順序を待つ第六中隊第一番
に到着せりト雖も野砲第一線部隊ヨリ先ニ渡橋スルコトハ出来ザリシ故に野砲歩兵工
兵野戦病院の次に正午漸く渡橋ス此の間飯は凍り川ヨリ吹く風寒し因ニ鉄橋ヲ見ン堤

防ヨリ〳〵マデ即ち鉄橋の延長約半里一丁以上ノ橋桁十三脚全部破壊せられ川巾三百米ハ物凄いばかりの濁流滔々として流れて居る。

鉄橋の型は日野橋を拡大したようなものなり。又工兵隊ニヨル架橋ハ架橋用鉄舟五米間隔に一隻宛約六十隻皆破壊されし橋脚ニ引張りて支えられている其の上を架橋用材を□て厳重な橋が作られ、戦車、野砲、トラック等、ドンドン通行出来るは工兵隊の作業の偉大な事を物語るものなり　本日はこの架橋視察の○谷師団長以下各将□多数通行中なり。中にも新聞班、多し特に目立つは天津○○新報社の二十才前後の女性従軍記者の在りし事なり

渡橋後二時間ニテ斎南の市街ニカカル　小休止後本通を通らずして斎南を通過せしは午後五時ナリ

市中日ノ丸旗と五色旗に織り交ぜられて居たる事は心強き感を抱くと共に交通整理等日軍兵の指導の下に行れている事は頼もしき限りなり　とは云え此の待望の市中を通過一、二時間にて過したは何とも例え難き無念さを感じたり

□□旅館□□食堂等□惨にも荒らされていた事は在留邦人の現在迄の苦心を水泡ニ期せしものにして□悔あくなき支那軍は憎みても尚憎くみ足らざるものなり

午後五時半　日も西山に落ちん頃　市街を離れし約二里南方の一部落に宿営せしは午後九時なり　殊に吾等をして驚歎せしめたるは□南兵営の大規模な事である。日軍のため空爆されあわれにも破壊されたりとは云へ、数条の大道に数百棟の兵舎こそ在りし日の支那民家と脅威をせしめたい偉大なる大陸軍を物語るなり

又特筆すべきは昨日迄の黄河以北の民家と現在の黄河以南の家屋の相違なり　前者を以て支那独特の民家とせば後者は正に欧州文明を織りまぜたる新文化家屋とさえ感ぜられたり

又民家の吾等を歓迎せし事も特筆スベキモノナリ　正月元旦内地にある国民の上を思ひ吾等の今日の境遇を比ベル時雲泥の差ありとは云え斯くある我が身が国家、天皇陛下のため尽くす最大の任務なりと思えば勇んで行軍出来る

二十三才の若き日を北支の一週で過そうとは過去に□□ある小生に神ならぬ身の知る由もなし

然し此が聖戦の一員として東洋永遠の平和確立に貢献出来得る身なれば此以上の栄光なし

右の感想を以て正月の直感となし遥か東方に向って天皇陛下並に父母の健在を祈り将

来益々大日本帝国の彌栄のため盡力せん事を誓ふなり
右、正月年頭の所感トス

父の軍歴

父は黙々と目の前の作業に取り組む人でした。

読み進めるうちに、私は父のことがもっと知りたくなりました。それで父の軍歴を鳥取県に申請してみました。

軍と家とを行ったり来たり。父の二十代はそんな生活だったのです。

皇軍従軍日記②

手帳の二冊目は、昭和十三（一九三八）年の五月から翌年の夏までの記録です。父は、昭和十三年の八月、マラリアにり患し、苦しんだようです。その前後の箇所を抜粋してみます。

八月二十六日

久シブリノ休養ニテ午前中　車輌洗イ丈ヲスル　出発一日間延ビタトノ事。二十五日内地ヨリ手紙□小包一来

八月二十七日

□□小雨アリ明日ノ輸送弾薬受領ノタメ兵站砲兵廠ニ行キ受領ス。瓦斯弾□□□□□□□□□□□□□□□□又水上輸送隊ニヨル輸送繁く□　弾薬食料物凄い程運搬。帰リテ明日ノ出発に支障ナキヨウ準備を完了ス。窪津ニ手紙ヲ出シテモラウ　午後十時□□　出発延期トノコト

八月二十八日

出発準備完了セル□□□仕事ナシ　休養。飛行機盛ニ漢口方面ニ向った

八月二十九日

午前十時出発　□□頭痛ヲ覚ユ、診断ニテ　マラリヤ病ナルコトヲ知ル　非常ニツラ

ク俺□□。

昨日、二十班、中村班長コレラニテ入院、大消毒ヲ経ル。土屋入院セルモ補充隊ヨリ三名来ル。

晩七時約五里ノ地点ニテ三、五　六、衛生隊等、一緒ニ露営ス　漢定迄三日間ノ予定先に輸送セシ時ト雲泥の差アル道ナリ

八月三十日

昨夜予備馬二頭取ラル　吾が輜□以外ニ各師団続々進軍スルタメ用心ヲ要ス。又コレラニ対スル消毒飲食ニ付イテモ厳重ニ注意サレル
午前十時出発　午後六時約四里前進シテ野砲其ノ他ノ舞台ノタメ前進不能ニテ止ムナク露営　二十回の輸送セシ漢定迄未ダ四里以上アリ

八月三十一日

午前九時当地出発　道路益々悪キモ前進ヲ続ケ　午後三時漢定通過約二里西方ノ部落ニテ露営。キャラメル、タバコノ□給品アリ

九月一日

当地午前七時半出発　丁度内地□ノ行軍ノヤウナ地形□□□□□前進ス　但今日ノ暑サ又格別ナリ　木陰ナキキレイナ水ノナイノニ閉口スル　午後九時迄ニ約七里前進露営。

九月二日

午前六時出発、昨日迄ニ暑サノタメ苦シメラレタノニ昨夜一晩ニシテ風変リ　今日ノ寒気ハ殊ノ外ニテ上衣ヲ着テ終日□□終わる始末ナリ。道路ハ戦車塚並ニ塹壕ノタメ通行禁止ノ形ニテ山登リ越シテ正午長安着　南間城内に露営スル　午後三時第三中隊ノ弾薬ト吾が積ミ来リシガス弾ト交換スル　暁毛布一枚デ震エテ過ゴス

九月三日

思い出多き昨年ノ天津出発ノ日デアル　一日休養スル。夜非常ニ冷エ始メテ腹痛ガ起ッテ困ル

九月四日

今日午前中草刈ニ行キ　キビ其ノ他を徴発スル　午後城外ヲ西へ約一里ノ地点ニ隊其ノ他ノ徴発ニ行ク　栗ヲハジメテ食ス　菜葉等一荷負□テ帰リ実□□盛ニ行ハル

九月五日

□□□□□□当番ニテ一日中豚肉ノスキ焼キヲシテ食ウ　暑気去ラザルモ夜ノ冷込ミ物凄シ。ウナギ、ナマズヲ釣ッテクル　栗ノ徴発出ル

三小隊一名川ニテ溺死セリ　城外に出る事ヲ禁じられる

九月六日

朝八時半□草刈休養マラリヤ患者続出スル

九月七日

午前中休養　午後一時ヨリ中隊長ヨリ勅語並ニ軍司令官殿ノ訓辞傳達陸相ノ奉答文朗読アリ　三中隊の愛馬美談ヲ蓄音機ニテ聞ケリ

午後三時ヨリ出発準備ヲ完了　コレラ患者最近特ニ多ク、盧洲ニテハ四千名ノ患者アリ　大安デハ戦傷患者四十名ナルニコレラ患者二千五百名アリト
幸ニ当中隊ニテハ二名ノ患者ヲ出ダシタノミナルモ不幸ニハ下痢患者多ク百四五十名ノ入院患者ヲ出シ辛ジテ駿馬ヲ馭スルコトガ出来ル程度ナリト

皇軍従軍日記③

日記は数百ページにわたっており、時間を経るごとに、字が荒くなり、判読が困難になってきました。
翌年の同じ時期は、父は、日本人が住む集落にいたようです。

八月一日

準備前萬端ヲ終リ六中隊先発ニテ　トラック二台ニ分乗シテ駅ニ向ウ
九時半ニモナッテイルタメ暑いこと此上ナイ。駅ニテ立間君達ガ送ッテクレル
十時半愈々邯鄲ヨサラバダ　但シ又□□ニオケル任務ガ□□苦力返納□□□□□□

履　歴　書

退職当時の階級・官職等
（陸軍軍曹）

森本　茂
大正５年１月１３日生

年	月	日	任官・進級・昇級	記事	官公署名
昭和１２	８	４		充員補充の為輜重兵第１０連隊に応召	
	８	１２		神戸港出発	
	８	１６		大沽港上陸	
	１０	２９	輜重兵特務二等兵	（勅令第６２７号に依り）	
昭和１３	２	２７		光州第３野戦病院に入院	
	３	７		同病院退院	
	４	１５	輜重兵特務一等兵		
昭和１４	３	２４	輜重兵一等兵	（勅令第７４号に依り）	
	１０	１０		青島港出発	
	１０	１６		宇品港帰着	
	１０	２３	輜重兵上等兵		
	１０	２４		召集解除	
昭和１５	９	１５	上等兵	（勅令第５８１号に依り）	
昭和１６	７	１４		臨時召集の為第１２１連隊に応召	
	８	６		宇品港出発	
	８	８		釜山港上陸	
	８	１３		朝鮮国境通過	
	８	１５		三江省鶴立県興山着	
	同	日		歩兵第６３連隊に編入	
昭和１７	１０	１	兵長		
昭和１８	６	１	伍長		
	１１	１２		三江省鶴立県興山出発	
	同	日		鶴立県境通過	
	１１	１４		朝鮮国境通過	
	１１	１８		釜山港出発	

年	月	日	任官・進級・昇級	記事	官公署名
昭和１８	１１	１８		博多港上陸	
	１１	２０		鳥取着	
	同	日		歩兵第１２１連隊補充隊に転属	
	１１	２５		輜重兵第５４連隊に転属	
	１２	２０		召集解除	
昭和２０	６	２８		臨時召集の為中国軍管区歩兵第４補充隊に応召	
	同	日		歩兵第４４５連隊補充中隊に編入	
	７	１８		屯営出発	
	７	２０		宮崎県児湯郡高鍋町着　同地駐屯	
	９	１０	軍曹		
	９	１５		召集解除	
				以下余白	

上記に相違ないことを証明する
平成２１年１０月５日
鳥取県知事　平井伸治

鳥取県知事印

父の軍歴証明書

□□□□□□一時的ノサラバダ　吾等ノ前貨車ニハ今期討伐ノ屍ト散リシ英霊悲シキ凱旋ヲスル
其ノ遺骨見送リノタメ兵士諸君多数満鉄社員日本人多数並ニ商売ノタメニ来邯ノ日本女性ヤピー達ノ大日本國防婦人会ノ白旗モ甲斐甲斐シク見送ル
異郷の僻地ニアリナガラモ日本國婦人旗ヲ離サナイトコロハ愼ニ大和撫子デアル
貨車は炎天ノ下ヲ雑作ナク走ル　成可多クノ外景ヲ眺メント欲スレドモ昨夜来ノ疲労ニテ睡気激シク眠シナリ　鉄橋付近ニナレバドコデモスピードヲ落トス　其ノ付近ハ一面の荒野原トナリ作物ハ泥ノ下ニ埋リアタラ昭和九年ノ内地ノ大風水害ノ時ノヤウダ
コレガ内地デアレバ見舞金ダ義損金ダド日本国中ノ同情ガ集ル訳ダガ支那デハ　ソンナコトモナイダロー　善良ナル農民ハ可愛ソーダ
（中略）
此ノ附近ノ激流ニ剣身ヲ落シ行衛不明トナル　再三調ベタガ結局見当ラズ
北岸に糧秣ヲ運搬シ苦力ヲ受取ル　二百七十何名之ハ天津ヨリ連レテ来タ苦力ナリ
貨物ヲ持タセテ端荘部落ニ宿営準備ヲ取ル　苦力ノ宿舎も近ク使役シテ難ナク宿営準

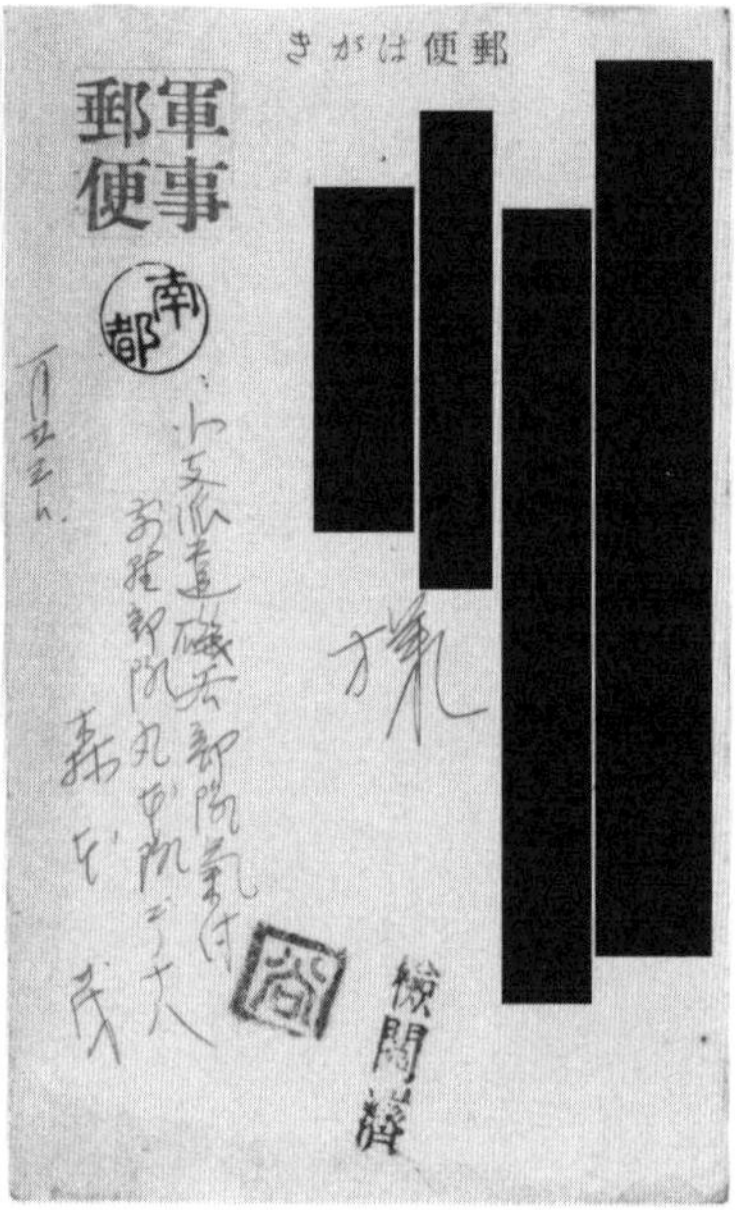

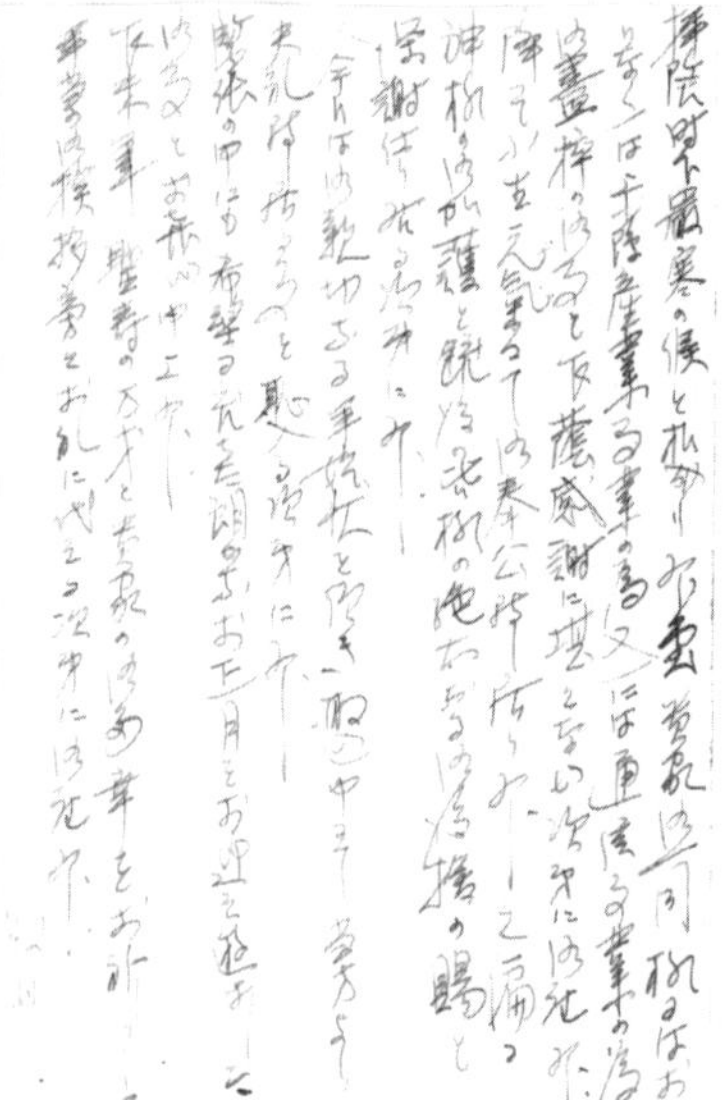

父の出した軍事郵便

備ヲ終ル　苦力宿営準備中廿六名逃亡セリ　故ニ□ヨリ苦力宿舎ニ二ケ所苦力監視の歩哨及警戒歩哨一ケ所計三ヶ所長次下十名三交代ニテツク事トナル　俺歩哨ニ立ツ小サナ宿舎ノ庭ニ百名以上モ寝テイル苦力ノ可愛ソウダ　スシ詰メト言ヒタイ位並べラレ寝返リサエ出来ナイ有様ダ　外ハ広シトイエドモ銃剣ノ歩哨ガ一歩モ出サナイ逃亡シタイハ当タリ前カモ知レナイ。

また、最近になって、父が人に出した軍事郵便を夫が見つけました。父が残したものは、私の知らない父の様子と戦争の様子をともに知らせてくれます。

読み終えた私は、率直な「感想」をまとめてみました。そして愛読している日本海新聞の「やまびこ欄」（投書欄）にそれを送ってみましたら、掲載していただきました。こんな内容です。

■父の「皇軍従軍日記」（平成30年9月26日掲載）

私の父は大正5年生まれで、昭和61年（70歳）の時、脳梗塞で倒れ、平成9年6月81歳で他界しました。

父の勲章

死後10年経過した頃、遺品を整理すると、戦争に従軍した折にしたためた古い手帳が3冊ありました。「皇軍従軍日記」と書いてありました。母からは「お父さんは戦争でつらい目をしてこられたんだよ」と聞かされていました。しかし父本人から従軍していたことについての話を聞いたことは一度もありません。

後に鳥取県庁からいただいた軍歴証明書からも明らかになりました。昭和12年（21歳）から20年（29歳）まで青春真っ最中の時代の8年間を戦争に明け暮れたという事実に驚きました。

手帳によると、昭和12年7月27日、21歳の時、召集令状が来て、14年10月24日の召集解除まで2年3カ月、毎日の感想が書いてありました。細々と神仏の守をいただくと。結婚したのは昭和15年、24歳の時で、16年に長女が生まれましたが、同年7月14日臨時召集されて中国へ。そして18年12月20日召集解除で帰って来ました。翌年9月、私が出生しました。

20年6月28日、臨時召集で再び中国へ。7月20日、宮崎県高鍋町につき、同地に駐屯。そして8月15日終戦、9月15日召集解除で、倉吉へ帰ってきました。戦死された方が多い中、生きて帰れたのですが、心はつらかったことでしょう。

苦しい戦後を過ごしてきました。多くの犠牲の上に日本の平和が築かれました。終戦から73年。私は73歳。どうか日本が平和でありますように。

第五章

これからも楽しき日々

夫とふたりの年金生活

七十歳になったとき、再雇用も契約が終了しました。主人ももうしばらく前に、県庁の仕事を引退していますので、やっと夫婦ふたりの年金生活のはじまりです。

子どもたちも、何とかちゃんと育ってくれて、うちの息子にはもったいないないんじゃないかと思うような、いいお嫁さんをもらってくれました。

孫は女の子がひとりですが、この子が遊びにきてくれるのが今はとても楽しみです。

彼女は吹奏楽のクラブをしていて楽器演奏が大好き。利発で活発で、吹奏楽クラブの部長をしているのだとか。私の世代からすると、男の子たちを差し置いてリーダーを務めているなんて、それだけで凄いなあと感心してしまいます。

時代も本当に変わりました。戦争で苦労した父や母の世代から見れば、考えられないようなことばかりかもしれませんが、時代が変われば、その時代なりの苦労があると思います。三人の息子たち、そして息子の家族たちも、それぞれに彼らだけにしかわからない苦労があるのだろうと思います。人として大事なことを忘れず、自らの人生を切り開いていってほしいなと思っています。

夫婦ともども、ひと様からよく頼まれごとをされる性格なもので、地域のいろいろな活動をさせていただいています。

そのひとつが、更生保護女性会のお仕事です。更生保護女性会というのは、犯罪や非行に走った人の更生を支援する民間組織で、各地域に支部があります。前支部長の方が退任され、その後任ということで推薦され、現在、私は上小鴨地区の代表を務めています。具体的な活動としては、少年院などの慰問や家庭裁判所訪問などです。

女性部の仕事もやっています。イベントのほか、皆で手作りの品を作ったりしています。そのひとつが石鹸《せっけん》づくり。廃油のリサイクル活動の一環なのですが、公民館に廃油受付タンクを設け、天ぷらの残り油など、廃油を持ってきてもらい、集めた廃油に苛性ソーダを入れて石鹸を作るのです。こうしてできた廃油石鹸をイベントのときに、皆さんに配布します。

それから、「なごもう会」のことも書かないと。これは市の長寿社会課の主催する月二回の会で、高齢者を対象に、認知症予防や体力維持のための活動をします。みんなで健康体操をしたり、ゲームやレクリエーション、クイズのような脳トレのほか、おしゃべりなどをして楽しもうというものです。私はシルバー人材センターのボランティア講習を受け、地元の公民館を紹介してもらい、ここのお手伝いスタッフになりました。今年でもう六年目になります。

「なごもう会」と似ていますが、「元気でおらー会」というものもやっています。こちらは高齢者の任意の会です。内容は認知症予防が中心です。

どちらも、多くの人と知り合いになれ、とても楽しいのです。これからも元気に続けていきたいと思っています。

米や野菜は、夫と二人で作るようになりました。

枝豆、とうもろこし、白ねぎ、じゃがいも、トマト、きゅうり、大豆、柿……野菜も果物も、私は新しいものにチャンレジするのが好きで、ご近所さんからも、「次から次へといろんなの作るね」と感心されています。

たい肥は、近所に牛を飼っているおうちから、牛肥をいただいて作っているので、正真正銘のオーガニック野菜です。私の名前の入った袋に入れて、スーパーに卸しています。

私の野菜が出ているると、必ず買ってくださる方もいるとのことで、本当に嬉しいことです。思えば保険外交員時代は、朝、会社に行く前に、田んぼの段取りをして出社していたものです。若かったとはいえ、今思うと、よくやりこなしていたと思います。あの頃に比べると、今はのんびりと、なんでも楽しくやっています。

投稿が大好き

夫は本を読むのが好きで、農作業や家の修繕などのかたわら、読書をよくしています。私の日々の楽しみは、日本海新聞の読者の広場「やまびこ」欄に投稿することです。日々の生活のことや、昔の思い出などを書いて投稿しています。やまびこ欄への投稿は、父の手帳を見つけ、読後の感想を書いて送ったのがはじまりです。あれ以来、書くのが好きになってしまい、日々の暮らしをエッセイのようにまとめて、書いては送るようになりました。今までに十以上の投書を載せていただいています。掲載されると、必ず「読んだよ」と誰かしらが連絡をくれるので、その反応も愉しみのひとつ。新聞に掲載していただいたうちのいくつかを、こちらでもご紹介してみますね。

「コイが来ました」（平成30年12月19日）

少し昔はどこの家でもコイが泳ぐ池があったように記憶しています。わが家にも昔から池があって、数匹のマゴイが泳いでいました。以前、ノゴイもいましたが、大きい鳥が来てさらっていきました。残飯とか整理したあと餌をと家人が池のそばに立つと、寄って来て投げるのを待っていました。ところが今年の初め、池の水が少なくなってきました。川の工事でもあったのか？　コイは水面から背中を出してじっとしています。水道を出しても解決しそうにありません。大きな容器でも用意して飼ってやればよかったのに。かわいそうで家の前の用水路に放流してやりました。さようならです。

そうすると残さいの処理が大変になりました。そうこうするうちに池が緑の藻に覆われてしまいました。畑からの野菜を洗うことも不可能になりました。池で生きものがいることのありがたさに気付かされました。またコイを飼いたい!!

それからは誰かれとなく「コイはいませんか?」と声かけして回りました。なかなか情報がありません。ところがです。11月になってようやく、大山町でコイを譲ってくださる方が見つかりました。うれしかったです。そしてとうとうわが家の池にコイが4匹、遠路はるばるやってきました。

以前放流してしまったのと同じ大きさのマゴイ。大きくても小さくてもいけない。よく来てくれたね。ありがとう。池に放しました。初めての池です。ひとまわりして池の感触を見ているようでした。数日たつと池はきれいになりました。バンザイ、バンザイです。


「ヘチマタワシ好評にて完配」（平成31年1月19日）

昨年の夏はことに暑かったです。秋になって、台風、長雨と農作物は順調にいきませんでした。そんな夏に、ヘチマの苗がたくさんあって、あちこちに植えました。しかし実りはよくなく大失敗でした。その中からタワシができそうなのを取りこんで、きれいにしました。せっかくのヘチマのタワシ、自家用としても使いきれません。そこで地元の方に「よかったら使ってください」と集まりのある所に置かせていただきました。

台所の洗いもの、野菜洗いだけでなく、体洗いにもよいと好評で完配されました。ヘチマくん、よかったね。みなさん、ありがとうございました。

最後に、もうひとつの夢

私はこの家に生まれ、この家で暮らしました。そしてこの家で死んでいくはずです。それまでまだ少し時間があります。やらなければいけないこと、したかったこともまだまだいっぱいあります。

父の手帳を見つけたときの衝撃は忘れられません。はじめて父と対話をしているような気持ちになりました。父は若いときは戦争で苦労し、帰郷すればしたで、本人の意思とは無関係に、あととりとして家を継がねばならず、不本意なことも多かったのだと母が言っていました。父の気持ちをはじめて知ったような気がします。

手帳に関していえば、何か形にして残してあげたいと思うようになりました。父が一生懸命書いたものですから、ほかの方にも読んでもらいたいし、知ってもらいたい。若い日を戦争に捧げた当時の男の記録を知ってもらいたい。手帳を見ていると、そんな気持ちになるのです。

それが父への精一杯の供養であり、最後にできる私の親孝行のようにも思えました。本ができたら、最初に墓前に捧げ、父に報告するつもりです。父は喜んでくれるでしょうか。

私はずっと、この地域に生きてきたので、歴史も含め、ここの地域のことはいろいろ知っています。実はこの近辺は、「古事記」にも出てくる神話の里でもあるのです。

私のしたいことのひとつは、そんな地域のことを、まとめたり、書いたりしたい、ということ。投稿もそうですが、もっと皆に知ってもらえるようにしたいと思っています。

もうひとつ、私の夢。

それは「薫」という題の本を書くことです。わずか二歳で旅立たせてしまったあの子のことを忘れた日は一日もありません。もうすぐ私もあの子のもとに行きますが、その前に、「薫」のことを本にしたい。お母ちゃんがどんなにおまえを愛していたか、おまえの愛くるしさや、先に逝かせてしまってどんなに辛かったか、おまえの思い出を綴りたいのです。

最後に感謝を。

今の私があるのは、いうまでもなく夫のおかげです。女しかいない家に婿養子として来てくれて早五十数年、私の人生は夫とともにありました。森本家の継承者は夫であり、夫の主導のもと、二人三脚でやってきました。

夫は、温厚で誠実、誰からも好かれるタイプの人で、おかげさまで退職後も、再就職のお声も多数いただき、管理職、監査役などを務め、八十歳まで社会参加していました。嬉しいことです。

この人と結婚して本当に良かった。かわいい子どもたちと、つつましやかで幸せな人生を私にくれました。この本の最後に、結びとして、夫への謝辞を送りたいと思います。

今まで本当にありがとう。まだまだ一緒に頑張りましょう。

著者プロフィール

森本 静衣（もりもと しずえ）

昭和19（1944）年、鳥取県生まれ。
県立倉吉西高校卒。
鳥取県在住。

父の従軍日記と家族のこと

2023年5月15日　初版第1刷発行

著　者　森本 静衣
発行者　瓜谷 綱延
発行所　株式会社文芸社
〒160-0022 東京都新宿区新宿1－10－1
電話 03-5369-3060（代表）
03-5369-2299（販売）

印刷所　図書印刷株式会社

ISBN978-4-286-28033-2